随时光远行

王微微 著

浙江工商大学出版社
ZHEJIANG GONGSHANG UNIVERSITY PRESS

·杭州·

图书在版编目（CIP）数据

随时光远行 ／ 王微微著 . — 杭州 ：浙江工商大学
出版社 ， 2023.11
ISBN 978-7-5178-5737-2

I . ①随… II . ①王… III . ①散文集－中国－当代
IV . ① I267

中国国家版本馆 CIP 数据核字 (2023) 第 176829 号

随时光远行

SUI SHIGUANG YUANXING

王微微 著

责任编辑	徐 凌
责任校对	李远东
封面设计	朱 琳
责任印制	包建辉
出版发行	浙江工商大学出版社
	（杭州市教工路 198 号　邮政编码 310012）
	（E-mail：zjgsupress@163.com）
	（网址：http://www.zjgsupress.com）
	电话：0571-88904980，88831806（传真）
排　版	杭州舒卷文化创意有限公司
印　刷	杭州高腾印务有限公司
开　本	880 mm×1230 mm　1/32
印　张	6.875
字　数	140 千
版 印 次	2023 年 11 月第 1 版　2023 年 11 月第 1 次印刷
书　号	ISBN 978-7-5178-5737-2
定　价	49.00 元

序

"我对下背坑是有特殊的感情的，高山流水，日日清唱，它就在我家门前，每天早晨推开窗，它就像仪式一样出现。"王微微在一篇文章里这样说。而我也把这看作阅读她的新诗集《随时光远行》的一把钥匙。

王微微出生、成长的下背坑村，早在20世纪90年代就被永久地淹没在了库区水底下。这个消失了的村庄可以被看作是构成王微微记忆与情感基础的处所。这个处所，早已消失于现实的平面，那些童年的细枝末节，那些晨阳夕照里的呼唤声、午后的宁谧，却会愈加清晰，进而构建出一个庞大的记忆库与情绪库。

王微微在新诗集《随时光远行》中的情感基调也正源于上述的情绪库。

王微微在文成高岭头二级水力发电厂工作，她是接续她在水电站工作的父亲，并以库区移民的身份考入这个单位的。电厂在一处叫作三板桥的偏僻深山里，她的工作本身自然是周而复始的、单调的，但她突破了单调的工作状态，在长年累月亲近水电站周边的草木、流水，感受季节更替等过程中获得了对环境的别样体验。也正是这些体验，使她写下了许多美妙的诗篇。

　　王微微的内心是处于后退状态的，她寻找的是环境与心灵的原点，文景高速公路通过三板桥不远处上方，高架桥横空穿越而过，它在构建现代快速大通道的同时，也切割了山体环境，影响了王微微每次上下班必经之路两旁的风景与曾经熟悉无比的草木溪流。她在讲述这件事时，于平静中透出些许遗憾。"这两年进厂的路比较差，原本车子一路开进去，路两边的风景是非常美的，特别是春天的时候，一路山花烂漫，现在都变得'灰头土脸'了。"这是王微微描述前后环境差异时的心境实况。我能想象出她那种对环境感受的强烈差异，以及在其中追寻山水环境的原点的渴望。一个那么热爱自然、热爱花草，经常去三板桥一带拍摄各种照片，经常为这里写下诗歌的女性，突然每次来去都要开着车经过颠簸的泥石路，面对被突然改变了的环境，可想而知她那种心理感受。这也使得环境与心灵的原点的意义显得更为重要。结集出版这部诗集，就是王微微寻找这个原点的一件重要的事。

　　枯水期

　　水位下降，库区老家显现

　　小村庄轮廓依旧，屋顶未见炊烟

　　竹林深处有风，似有人说话的声音

　　家园简陋，一眼望穿

　　望不见的人事，由水位线以下的清澈来填补

　　　　　　　　　　　——《我想与我，不期而遇》

　　库区老家无疑是消失了的下背坑村，也是库区许多移民村中的一个，正像书名《随时光远行》一般，几十年来，沧海桑田，白云苍狗，但是关于消逝了的故乡的记忆始终存在，并且以貌似影像的方式反复重现，具象、清晰、唯美、简朴。每一处场景，都是早年盛满诗意的容器，时间越长，诗意越浓郁，越是消逝，越是拥有一种召唤力，由书写架起一条文字通道，以此抵达时间深处，让真切的记忆重现，更重要的是文字还乡，建立起一个有所依托的内心处所。

　　我怀疑，那清冽，是被高山喂养过的
　　体内从未谋面过的自己
　　我怀疑，那尽情盛放的桃花，是来自
　　故乡的家书，绵延至天边的思念
　　　　　　　　　　　　　　——《故乡的清冽》

　　在这里，用怀疑来肯定并强化对故乡的回望与深思，朴素又深情，这也是王微微的整体写作基调。从故乡出发，即使远行至天边，内心的那种源自大山深处的情感也始终不变。并且，适当的记忆痛感与战栗，进一步加深了内心感知，也因此伸延至对其他事物、题材及场所的写作上。

梨花悲伤，带雨

桃花欢愉，带色

小鸟衔鸣一首乡村老歌，随风滑翔

细雨从发端飘过，微凉，似青春贴在耳畔呢喃

——《三板桥的春天》

三板桥是王微微工作的地方，她写下了一系列有关这里的诗作。二十多年单调重复的工作，促使她更加关注工作之外的事物变化，三板桥的晨昏、季节更替，草木的荣枯盛衰，雾起山谷，流水淙淙，正是王微微已消失的故乡下背坑村的延续部分。这里虽然很"当下"，但是它在诗意的注视下，获得了回溯的效果，也因此很好地承载了对故乡的部分情感。其实，三板桥对王微微而言已然是第二故乡，它能盛下她的情绪涨落、思念感触、喜春悲秋。王微微的这种情感也自然地延伸至整个文成，以及文成之外更加丰富的事物与更大的世界。也正是如此，王微微以写作来建造自己内心的宫殿：

我哪儿也不去

我就待在自己的宫殿里

寄情花草云雨的淡泊，聆听四季的清音

收集浪花、云朵、秋虫、卵石

浣衣的母亲，锄草的父亲

鱼贯而行的季节行径

————《在内心建一座宫殿》

这首诗可看作是王微微写作的宣言，它是非功利的，也是为内心服务的。王微微始终忠实于自己的感受，而写下的这些文字，日积月累，就成了这部诗集，同时也完成了内心宫殿的建造。

我读的是《随时光远行》的电子版，待纸本诗集出版后，阅读体验自然会更好。

马　叙

2023 年 9 月 5 日

（马叙，作家、诗人，出版《伪生活书》《他的生活有点小小的变化》《乘慢船，去哪里》《在雷声中停顿》《错误简史》《谈论时间，也谈论故乡》等文学作品，曾获第十届十月文学奖。）

让语言远行

让思想远行

让柔美的生命远行

让梦想，在这一本时光之书里远行

目　录

辑　二
穿过寒冬拥抱你

辑　三
在内心建一座宫殿

辑　四

巨大的寂静

辑 一

春天尚在酝酿

一朵花
低下头颅
是它心醉片刻的真实
我的眼，我的心，抵着玻璃窗
花朵啊，爱的魔咒！
一朵在含苞，一朵在凋零
一朵怀揣着
果实，飞越枝头的梦想

山　居

清晨宁静，露水浓稠
枇杷玉兰根须交织，并肩而立
小鸟在枝头雀跃欢闹，正与小虫子
斗智斗勇，溪涧芦苇清瘦、无序
却像人一样站着，骨骼清奇

暮色如画，云霞锦绣
落日钻进大山的怀抱，不肯抬头
炊烟从屋顶上缓缓升起，在山间弥漫
微风嘟起嘴，趴在水面上，吹起金色涟漪
四周蜜意流淌。大樟树是村庄挺拔的脊梁
立在村口，坚守着树木对于人类的道义与良善
错落山间的庄稼地里，有农人耕播未归的身影
有牛羊鸡鸭摇摇摆摆，正觅食归来的蠢萌可爱
雀鸟归巢心急，"刷啦"一下，从眼前一闪而过
这一瞬间，竟不知身在何处

夜里落雨

雨滴越过高低错落的树木，穿过层层叠叠的枝叶

奔向黑色肥沃的大地，奏响天地灵魂对唱的乐章

山里灯火稀薄，却明亮，它们穿过夜的缝隙

山的障碍，给不惧黑的夜行者，以定位，以指引

溪水清浅，依然努力奔赴远方

蛙叫虫鸣活泼喧闹，也清音明亮

千伏高压设备，发出嘶吼的电流声响

自信、自在、雄伟、辽阔，直奔国家电网

黑瓦、泥墙、乱石堆，堆积岁月的离合悲欢

清晨、暮晚、午夜，描摹山野农家的淡泊从容

山水涤荡，涤荡着世俗之人心中的杂念妄想

劈柴担水，行住坐卧

山居处处皆是道场

在三板桥

我和鸟，一起早起

和蝴蝶一起翩跹

小青螺在水里开合嬉戏

小蚂蚁在搬运死去的蜻蜓的尸体

我负责看管一堆冰冷的机器

天晴时，恋青山伟岸

落雨时，愁溪水多情

要命，山风又偷偷亲吻我

那个 110 千伏的高压设备，整日嗡嗡嗡

缓慢又深情，滔滔不绝，于耳

仿佛在讲述，人间灯火不熄的故事

在这里，我们都是大自然的搬运工

搬运坚持，搬运梦想，搬运感恩与善良

在这里，花是花，草是草

蛾子从来不开滤镜，不假装蝴蝶

在这里，朴素就是唯美

就是太阳从容升起的寻常

就是溪流洁身自爱的孤独

在开臣璞居遇见雨

有铺垫，有酝酿

还有持续不断

屋檐敞开怀抱，接应

从天而降的星光

诗人在屋里吹笛

鲤鱼在池里吐气，蛙鸣伏低

风把自己扭拧成抛物线，高高扬起

抛落，美人靠上无美人

只有雨滴，倚着，用明亮清透

与一棵老柿树遥遥相望

远山清淡，不见牛羊，未有炊烟升起

屋里灯光温柔，笛声温暖，人人锦衣

那雨，密密匝匝，行行复复

仿佛清风吹拂杨柳，永不厌倦

在百丈漈观瀑

水
从百丈悬崖，一跃而下
轻车熟路，从未误入歧途
义无反顾里，一定隐喻着什么

一漈二漈三漈
它们用互补的方式，修复人间秩序
撕开阴影，吼出谎言，跳离同流合污
一路洁身自爱，从不泥沙俱下

仰首之间，群峰低头，真实显现
那是天使放下的白色梯子，一尘不染
让你内心暗藏的企图，无处安放

百丈漈的水，高过天际
人世间是非黑白的门槛
百丈漈的水，低到尘埃，粉身碎骨
也丝毫不改变自己的态度

在安福寺观水滴莲花漏

莲花
一朵接一朵
拾级而上，抬头可揽青云
檐水
一滴又一滴，风吹玉振
顺着莲花芯，缓缓归尘土

它们恭默守静，守寂寞，守清辉
它们滴漏有声，说般若，说清净

不蔓不枝，香远益清
究心护念，细水长流

安福水滴莲花漏，长捧圣山佛前灯
动也是禅，静也是禅

在擎天亭静坐

一个人坐在亭子里

透过檐角与山门，望向远处的星空

寻找华盖山上那颗最亮的星辰

一个人坐在亭子里

穿过飒飒的山风，屋顶的炊烟

搜索隐秘千年的古道，苔迹苍苍的青石

一个人坐在亭子里

追溯青涩的自己，反复回味

隐约的旧迹——指责、埋怨、叛逆、执着

以及互相和解、欢喜、依偎、同行

虚无静谧且遥远，俯下身去，眼里有

海浪的旋涡，发丝上，滴落青草的味道

山风鸟雀噤声，一轮明月守护，倾听你秘密的心事

这尘世！你看吧，时间能击穿陈旧的执念

"江海不与坎井争其清，雷霆不与蛙蚓斗其声"

遵从内心，立言立行，才是历史经卷

最耐得住翻阅的往事

在江心屿——诗之岛（组诗）

瓯江蓬莱

月亮如牙，高于屋顶

灯光，执迷于江心

夜色温和，烂漫又迷离

一杯薄酒，便可以握笔壮胆，孤屿

共题诗，与谢公，与子美，与周生

《登江中孤屿》《送裴二虬作尉永嘉》

悠悠瓯江水，绍兴七年

有僧奉诏于江心设坛传经

江心相遇

一轮明月

将高楼大厦倾倒于江心

内心不自觉地放下，那把陈腐的木梯，架起

通往故乡的路径，老村庄低矮、潮湿、苦涩

在江面上起起伏伏，霓虹闪烁。村口那株樟树与江心屿这株，有着同样的姿势——

伸出双手，弯腰探向流水的方向

仿佛要把眼前人，深深拥进怀里

夏风拉扯一位姑娘黄褐色的长发，仙气飘飘

光影流年移动，江心浪淘沙

历史从来都不是静止的，它们一浪接一浪，惊人地相似

一座江心屿，与一个被淹没的小村庄

一株樟抱榕，与另一株立在村口的大樟树

一个叫渡口，一个叫村口

在江心，在月色里，不期而遇

江心榕树

独树成林，好生水边

"自瓯郡以南随便有之"

公园、埠头、塘河两岸、学校、医院

政府大楼，甚至江心屿东塔塔顶

榕荫浓密，枝干纠结相附，脉络相连

铺天席地的气象，意趣横生

纤细者悬空飘曳，结伴而行

粗壮者落地生根，生命如炬，庇荫众生

人们在榕树下捉迷藏，下棋，吟诗作对

百鸟出巢，百鸟归巢

大树底下好乘凉，榕树下的温州

婆娑多姿，扎根土地，顽强生长

那是一棵榕树的精神

也是温州人的精神

孤屿听钟

钟声

是寺院庙堂的"法器"

两千多年前的钟鸣鼎食

是乐器，是信仰，是祷告，是召唤

是耳畔禅声，是爱的叮嘱呢喃

今日，我只看到夕阳落下，众鸟归林

我只听到僧人唱诵

倒是那轮昏黄的月，悬挂在天边

圆圆暖暖的，传递着内心隐隐的钟声

岛上果实

不知名的果实

黄澄澄的，铺满一地

有的保持着原来的形状

有的被踩得一片狼藉

树上悬挂着的，依然鲜亮

新生的叶子，叠加在老叶上

托举着果实，托举着生命鲜活的部分

我的内心，也有明亮的地方和狼藉的部分

我知道，待到接替不过来的时候

不管明亮还是狼藉，高贵或者卑微

有一天，都会被踩于地上

消逝于无形

江心樟抱榕

在雷霆里

轰然转向，横卧

似一条江的脊梁

1300 岁的高龄

已修炼成仙，正反横竖，有形似无形
樟榕筋骨逶迤叠翠，直指江心
身上云日相映，鸟喧蜂蝶闹腾
周围人流熙来攘往，江湖生风
樟榕从容相拥，密语窃窃，温暖潮湿
在树洞里生发回音，有苍劲蓬勃之力
1300 岁，早已洞悉夜的黑、昼的白
人心的复杂，世事的无常
即使匍匐在地
依然有你攀不起的高贵

走行己村

周行己先生来过

留下《浮沚集》与一个村庄

说是故居。与其说是故居

不如说是一个门台

旧门台，新修葺，痕迹明显

巷弄狭窄，大巴车开不进来

但依然阻挡不了人们登门造访的念头

大门虚无，门里光阴寂静

我在词语中匍匐前行

寻找捕捉浮沚先生的赤诚

"从学伊川，持身艰苦

块然一室，未尝窥"

登第少年门高不攀，家贫不弃

留存后世。才华横溢者，坎坷不平

古今皆同。最终穷途潦倒，客死他乡

刚强、抱负、智知、困顿、惊恐、迷茫

一切的无所适从，已是过往

我深信，那些看不见的修行

正如明镜，照耀着一个村庄和村庄里外的人

观玉海楼

藏书楼静默

楼里精神饱满

书线里那一缕缕微光，带着生命

重新醒来后的神秘，眼神明亮

慕名者纷至沓来

青砖黑瓦，是藏书楼竖起的耳朵

倾听，世界的声音

倾听文字在内心未写完的那部分

古榕绿荫蔽天，玉海文脉浩瀚

衣言者"晚清特立之儒"

籀庼先生经学渊博，提倡教育

"使邑无不学之户，家无不学之童"

这 100 多年前的治学精神、教育思想

在后世仍然绽放光彩

藏书之风在孙家代代相传

他们博极群书，也倾尽群书

每一本书都如玉珍贵

每一本书都饱经沧桑

每一本书都穿过肉身

如一缕光，穿透书海

我一次次往返于这里，接受精神的馈赠

散发霉味的书页，藏有偏执的爱

利济医学堂

仲夏炎热，后院依然花草茂盛

不适，在一声声蝉鸣中消融

墙角处，几丛特立独行的竹

浓淡恰到好处。它们戒律，内秀

不规则，却规矩

三七、当归、丁香、杜仲、朱槿

芍药、芦荟、龙葵、枸杞、薄荷、杜鹃

夏枯草、车前草、蒲公英、金银花、百合花

百草，百花，百药

利人，利己，利济

如果百花齐放，百草齐长

那就是，小小后院里的无限

在后院看花，也看自己

我用 45 度角拍摄花草人像

利民济世，那是良心的 45 度

后院里的每一朵花，都自带神坛

佛说，救人，也是救自己
我在草木的阴凉处，坐下来
内观，爱的循环不息

在永昌堡

雨，穿越历史的长河
沿着明瓦，一路叮叮当当
王家大院布满苔藓的青砖城墙上
泛起滚滚烟尘

那一缕烟，凛然正气，是不是
王家人抵抗倭寇、保家护国的一腔柔肠热血？
那一缕烟，习习生风，是不是
武状元王家拳的铁马金戈、雄略英姿？
那一缕烟，清冷悠长，是不是
城墙内河埠头两岸家属女眷
黎明或黄昏时分的捣衣砧声？
那一缕烟，寒光凛凛，是不是
战场上铮铮男儿的刀光剑影、侠骨柔情？

老院落，小弄堂，旧街坊
墙外隐约传来 500 年前的厮杀呐喊
都堂第，状元府，青石门台

腰间刀剑出鞘，剑端挑起
王家族人一致的家国情怀，无人争锋

我动用我所有的想象
想象王氏祖祠列位人物当年的威仪风光
想象古城墙炮台上的金鼓齐鸣烽火狼烟
想象黄昏时分那一盏盏家灯，隔山隔水相望
唯独想象不出，如何用诗的尺寸
丈量今天走过的风景

神木民居四合院

岁月逝去，神木民居还在

一大块一大块砖石铺砌的沉默，深邃无边

皇帝御赐，独院，砖木结构，木工隔断佛龛

我反复修剪我的惊讶，抬起右脚轻轻跨入

檐下鸟雀惊飞，扑棱棱

翅膀上还挂着滴答滴答的老旧时光

青苔，倒伏在地上，气息淡定

蜘蛛只是发愣了一下，又恢复手上的工作

它们，像是岁月老去的标签

沉默，安详，不改初心

我的内心，突然长出了声音

那一片静，泛起阵阵涟漪

院，深不可测

石峁遗址

用一块石头，拉开文明的序幕

皇城台气势恢宏，托起昔日荣光

残缺的内外城墙，在月光下巍然屹立

石砌的王国，在泥土下悠悠醒来

那里，掩埋着风花雪月、权钱美色

掩埋着崇奉信仰、朝代更替

掩埋着精细的玉器、壁画、头骨、编织品

掩埋着 4300 年的文明

暮色四合时，我走上皇城大道

走过壁垒森严的城门

穿过院落里布置的那一间哨所

我想靠近那个久远的朝代，触摸它残存的记忆

我想靠近祭祀台，看一看

这座城里曾经的富足与丰美

我想读一读壁画，听一听地底下曾经的喧闹与繁华

石头城里静悄悄的，没有灯火，没有观众

只有我，与无声滚滚的烟尘

三板桥的春天

梨花悲伤，带雨

桃花欢愉，带色

小鸟衔鸣一首乡村老歌，随风滑翔

细雨从发端飘过，微凉，似青春贴在耳畔呢喃

竹笋破土，蜘蛛正在努力编织它银色的网

紫地丁贴地绽放，信守微小的承诺

河流丰腴，山色烂漫

一条渔船，被一场台风拖困在河中央，船上有

沙石、杂草、野花、几条躲避不及的小鱼

和回不去的时光

想要返航，或许需要一场更猛烈的风暴

一群白鹭，飞落在渔船上，梦幻般

空灵、轻盈，我猜想，云淡风轻的表面

此刻，内心应有涟漪荡漾

三板桥的暮色

溪流清浅

水珠子，是潜入人间的星星

在堆叠的乱石滩上，追逐嬉戏

月亮既近，又远

在水潭里，扮起了俏皮的鬼脸

竹林深处，一曲又一曲琴瑟和鸣

暮色，有如玫瑰

将冷清的山野包围，点缀得浪漫温馨

我在玫瑰的香气之中，沉醉

如果夕阳不落，我将不愿苏醒

三五成群的小鸡，聚拢在门前草地

东闻西嗅，一株被践踏的小草

默默挺起腰杆。夜露紧贴着暮色

悄然侵入。黑夜，在篱笆墙边诞生

复又死去，迎接白昼的到来

在暮色里独坐，细观这循环的生命课题

听凭一日三餐，一年四季

且徐行

三板桥的冬天

树叶

大部分已落光，鸟巢

在枝丫上显露，看上去有点孤单

中控室外，大块玻璃幕墙上

映照出，一对山野灰雀的浪漫

透过门窗，看这山与那山

隔着一条河流，默默相望

山脚下，农人正忙，枯黄的

都是杂草，粮食庄稼依然青绿

果实，贡献她的无私

卑弱的，是为一日三餐

劳苦奔波的人类

是喧闹的内心世界

强大的，是草木，是虫鸟

是山河，是自由，是智慧

是修行，是无我

春天尚在酝酿

春天尚在酝酿

悲苦已然萌芽

这半明半暗的世界

灼伤我的心、我的眼

林中松针，直指幽暗

针尖那一滴，饱满透明清亮

泄露万物悲壮的镜像

小鸟惊魂，草木伏低

森林之上，是更加孤独的苍穹

长夜里

我们被树木温顺而秩序井然的年轮击中

我们被河流坚韧前行的弯曲击中

我们被一片附和声中的那一句"不"击中

我们被某片风景隐隐约约的情感击中

我们腼腆地微笑，谨慎地表达

我们尝试着去讲述，去理解

大雨滂沱，我们泪流满面

这飞溅的悲伤，这徒劳的沉默

这清脆易碎的言语！你看

伤口依然是那个伤口，缺席者依然缺席

既出乎我们的意料，又合乎我们的经验

白昼里的灯光

只是为了

驱逐白昼里的黑暗

只是为了

在镜像里寻找另一个镜像的自己

备忘录铺陈空白页

坚守我们，可能并不存在的秘密

我捡拾磨损的词语

翻找陈旧的修辞

在灯下，寻找阴影中的光亮

再行书写满腔热血，及冷若冰霜

我所在的空间

具备了你们所熟悉的空间的所有景象

它灯火通明，它夜色阑珊

它狭窄又空旷，它虚无并浪漫

记录。一闪而过的念头

填补另一个时空，另一种镜像

存续记忆，滋养孑然

余烬便是笔录

长路漫漫
岁月，令大地布满苔藓
时光笔墨，都涂抹在脸上

卧香燃尽后
还保留着云朵的姿态
余烬便是笔录

我内心有座古老的城堡
沿途鲜花怒放
我熟悉每一朵花的气味
也熟知每一朵花的缺陷

晨光从各个窗口探身而入
以微薄之力，坚守时空的盟约

沉香袅袅，花语喃喃
美好，犹如笔下所绘
我只当是千真万确

故乡的清冽

我怀疑，山是被绿色点染过的

我怀疑，水是被大浪淘沙过的

我怀疑，风是被花草筛选过的

我怀疑，空气是被棉花擦洗过的

我怀疑，乡音是水草中高低起伏的蛙鸣

我怀疑，雾霭是晨光和晚霞共同商议的秘密

我怀疑，那清冽，是被高山喂养过的

体内从未谋面过的自己

我怀疑，那尽情盛放的桃花，是来自

故乡的家书，绵延至天边的思念

那淋漓不尽的雨水，是木椽黑瓦下的心经

木鱼声声，滴滴般若

度你，也度我

我想与我，不期而遇

枯水期

水位下降，库区老家显现

小村庄轮廓依旧，屋顶未见炊烟

竹林深处有风，似有人说话的声音

家园简陋，一眼望穿

望不见的人事，由水位线以下的清澈来填补

小木桥横跨左右，两岸青山葱翠

溪流清秀，水声淙淙，恍如又在耳畔流动

时光只一秒，就将我拉回旧时

眼前断壁残垣，骄阳炙烤，蜻蜓低飞，蛙叫蝉鸣微弱

裸露的废墟，不见苔藓的温厚

最低的水位，依然淹没群山峰腰，日日夜夜

万物静默，天光云影，齐齐跃落大地深处

梦里家园可栖，试问归途何处？

草木柔弱，但坚强，生生不息

白落地，金银花，蒲公英，鱼腥草，车前草

夏枯草，紫地丁，它们吞吐着清淡苦涩的气息

匍匐于大地低处，怀揣爱与深情

蜉蝣展翅，朝生暮死，依然朝向美好

万物具体而微。内心荒凉辽阔

何来"本来无一物"

藤依树，鱼从水，物从其类，桃李不言

落日与落花，沿水流驾鹤往西

我站在水位线边缘，寻找自己灵魂的踪迹

一半臃肿，一半清秀；一半黑暗，一半明亮

一半是裸露在外的粗糙、凌乱、尖锐，

一半是埋藏于水下的细腻、温厚、良善

我从水里来，终有一天，我将回到水里去

我想与我，不期而遇

万物都在行走

雨落有声

蓝色玻璃挂满它路过的痕迹

窗前石阶，已失去棱角，苔痕青翠

虫蚁鸟兽，清风明月

不知从它上面踩过了多少回

轻盈的脚，沉重的脚，忧伤的脚

欢快的脚，思考着的脚——

生活是行者，万物为伴

它从未停止前行的脚步

山里夜色黯淡，需要自带光亮

乱石滩，小溪涧，发光的小飞虫

雨点与灯火，星星和月亮，在天地间相继亮起

窗外，铁皮石斛面壁生长，清癯玉立

那是我摆放的生活，以支撑日益缺失的寂静

它们都是，黑暗里的眼睛

万物都在行走

它们是它们，我是我，希望它们都是我

折　叠

我把村庄折叠，塞进地图

我把童年折叠，放进箱底

我把纸币折叠，存入钱包

我把初恋折叠，藏在心里

我把月亮折叠，堆放在太阳的背面

我把皱纹折叠，让青丝覆盖前额

我把暴雨折叠，变成滴水的精灵

我把烈日折叠，变成林荫的蝉鸣

我把美梦折叠成挪亚方舟，在浪漫无边里，乘风破浪

我把心事折叠成信笺，在不着一字的白纸里，隐藏最美的故事

我把岁月折叠，磨成秒针，制成钟表，挂到墙上，让滴滴答答，

变成日常

折叠，是我的生活，也是我与生活的交易

所有的折叠，我都不敢轻易摊开，我怕

波澜不兴的平面，把本该精彩的人生，变成一片荒芜

我把委屈折叠，我把泪水折叠，我把柔弱折叠

却怎么也折叠不了善良

我把美梦折叠，我把浪漫折叠，我把破碎折叠

唯独折叠不了信念

我把折叠再折叠

我把美好折叠在外，我把苦痛折叠在内

你看，生活如蜻蜓点水般美好

那是折叠后的真实影像

我依然

依然喜欢

雨后初晴的泥土气息

八方漫卷的云雾水汽

峡谷壁端的一汪深蓝

寂静森林里的雀噪鸟鸣

依然会

对一朵花心生欢喜

对一句话，一段文字，泪目气愤

对一处地方，默默向往

对一段时间，一个人，念念不忘

依然害怕

指鹿为马的花招、混淆是非的黑暗

贪得无厌的卑鄙、无中生有的八卦

害怕饥饿、战争、洪流、瘟疫

害怕地震，害怕火山的爆发

我是一个软弱又倔强的胆小鬼
为五斗米打拼，却总学不会折腰
被小小的面子所碍，学不会果断
被亲情羁绊，走得踉踉跄跄
不得不放弃，无法兼顾的爱好与梦想

我是一个搞笑的人
怀揣那么多的无能为力，明知
沉甸甸的肉身，长不出轻盈的翅膀
却依然渴望，蓝天的高远，大海的宽广
依然向往，字词抵达不了的美好远方

因为我坚信
只要心底依然有追求、有渴望
眼眸里依然饱含星光与泪光
伶仃小草，也能表达出山野真气
涓涓细流，亦可从容行走于大山边缘

雨后，另一种尘世的温暖

天空很蓝

风很纤细，雨后

地面，山峰，架空的电线，闪闪发亮

蜻蜓，蝴蝶，躲闪低飞

它们害怕隐形的网，害怕莫测的命运

发电机趴在地上，如钢铁蜘蛛一样

口吐银丝，编织电网

青苔小心翼翼，一寸寸挪移

覆盖粗劣，覆盖锈迹，覆盖一切不美的现场

夏蝉收拢薄翼，打开胸腔，叫声清醒而响亮

蚂蚁走出穴居，相互触摸、拥抱，欢快而忙碌

水珠子晶莹剔透，在叶尖翻滚嬉戏逐浪

我信万物有灵

那是另一种尘世的温暖

立 秋

小草结籽秀穗

树叶开始泛黄

夜还没开始，秋虫已各就各位

钢琴、小提琴、胡琴、箫、笛子声相继响起

牵牛花攀上围栏，玉米吐出红缨

一条黄绿色的小蛇，摆出随时奔逃的架势

蜘蛛布开罗网，登上王位

只等八方来宾，拜倒辕门

石榴还悬挂在枝头，涨红着脸

望眼欲穿，即使不堪承重——

她一定是在等，她要等的人

立秋之后

植物枯槁

草丛结籽

一朵朵细碎的、粉色的蓼兰花

仰着脸，双眸含情，在风中期盼等待

果实垂下头颅

这是成熟者的谦逊姿态

大地呈现出庄重黑褐的肤色

蒲公英脱离母体，身子轻盈

立秋刚过

天空已逐渐纯粹、明澈、厚实、悠远

阳光像白银一样，风一吹

就能发出叮当清脆的声响

河流呈现朗朗原色

那些千姿百态的云团

正随河流，缓缓奔赴它的源头

今日惊蛰

荒野退去

视野开始丰富

种子鼓起小嘴，拱出地表

河流丰腴，溪水欢唱

流水漫过碇步，像一群日暮归途中的羊群

前呼后拥，踩得水花飞溅

岸上杨柳娇柔，翠竹纤瘦，醉鱼草弯下腰

朝向溪水，笑了又笑，照了又照

我听到山间鸟雀欢闹，草木摩挲低吟

我看到小甲虫从花叶缝隙里，小心翼翼地探出触须

闭上眼睛，深呼吸，感受四野春气萌动

万物都在追逐春光，它们秩序井然

还有那些，生命里肉眼不可见的微末存在

我想，天上地下，水里人间

万般美好，莫不如是

生命本无高低界限

落花流水

落入
水中的春天
不肯随波逐流

有的攀缘上岩石
有的艰难地，附着溪涧水草

大部分在溪流中，被冲挤成一团
石缝罅隙，是它们最后的天堂

天堂里
它们依旧
保持着一朵花光鲜靓丽的模样

落叶之美

春天的落叶
掩埋着向美而行的路径
人行道上，落叶与光影有着同样的斑驳
那些从缝隙间落下的阳光
燃起落叶最后的生命与欲望
万物都有一颗爱美的心
风轻柔地扶起，满地堆积的倦意
簌簌作响。打开耳朵
你就能听到空气中流动的音符
那是天气极佳的信号
埋头，环顾，闭目，深呼吸——
落叶是大自然让我们感知美好的一种媒介
落叶之美，触手可及
却又似乎无法永久获得
环卫工人起早摸黑，为了一条路的整洁
我弃车走路，为了享受路上的一段美好时光
我对落叶与环卫工人
都有相同的感觉：
愉悦，欣赏，尊敬，热爱，感激

夏日黄昏

蜻蜓成群，在天空低旋斜飞

林间蝉鸣，喋喋不休

说入木三分，说横扫千军，说落纸云烟，争得面色酡红

枇杷熟透，从枇杷树上翻身跃落

七星瓢虫在竹叶上追逐，蜘蛛在窗外晃荡

千足蜈蚣不知何时已在角落坐化

草木面壁，流水淙淙

黄昏在山顶苦思冥想，慢慢酝酿夜色温柔

山水相亲，庄稼蓬勃，风伏下身子，聆听大地的叮嘱

尘间万物，卑以自牧。赐你灵，赐你智，赐你谦恭温良，赐你
淡泊从容

所谓生活，一半清欢，一半烟火；一半遗憾，一半知足

夜色温柔

月亮上来了
紫薇花也开了，长高了不少，我要踮起脚尖才能拍到它
一片走得很急的玉兰花叶，悬崖勒马，迟迟不肯落下
柿子还青涩，坐在枝头，腼腆的少女姿态，真是玲珑可爱
垂钓者临水而立，凝神执竿，不为左右所动
其态疏离闲适，似有千古隐士遗风
霓虹灯下，蝉鸣蛙叫，一阵盖过一阵，只觉有趣
却并没有山里"蝉噪林愈静，鸟鸣山更幽"的清凉意境
微风拂袖，湖面泛起涟漪，似有人踏过凌波微步
夜色温柔

散　步

饭后散步

同事们成群结队

沿着进厂公路，往外走

我喜欢反其道，慢半拍，往里走

左边是溪流，右边是大山

把中间的位置，留给小径和自己

几百米的路，我能走出几千米的长度

那些闲适的风，悠游的云，一些口吐白沫的

调皮捣蛋的小爬虫，不修边幅的花草树木

蚂蚁在暮色里搬家，队伍一串串，看起来很忙

蜘蛛织网，幺蛾扑火，壁虎抱墙

游鱼顽劣，不知流水深浅，鱼饵诱惑

萤火虫总想照亮苍穹，不知黑暗的辽阔

鸣蝉饮露，不知螳螂在后

云雀婉转，歌声绕梁，唱得意味深长

动物世界，和人类世界一样，生命万象

它们生活在一条小径的方圆中

劳作、休憩、握手、拥抱、离别、亲吻……

它们佛系的日常

捆绑了我散步的方向

落雨了

落雨了
小飞虫躲向叶底
我收起手机，一阵小跑
时间，陷入一种轻微的混乱

回到屋里，拿出手机
翻找刚刚拍摄的照片
时间处在那里，似乎纹丝未动
现在，正以照片的形式，一张一张地凝固

谁说，时间如水飞逝
我用手机，令其返回、复活
令其再次来到这个
奇妙魔幻的世界

起雾了

起雾了

雾拢着大山

溪谷、村庄、人和畜物

似真似幻，似有若无

雾是白色的

白是白璧，是无瑕

是客观世界假设的纯洁可爱

雾是虚幻的

虚便是无，无便是空

空便是遗失在时光深处总被忽略的美好

雾是可触摸的，是液态的水，是空中的尘埃

是生物世界的呼吸

雾聚成水，水聚成海

海连着小小的尘埃，构成了世界

有人爬山涉水，说是登高望远

有人面壁静坐，说是参禅悟道

有人看星星，看月亮，看面相，看运势

唯独，看不见迷雾中的自己

晒太阳

太阳沿着山脊隐退

巨大的阴影，像镰刀一样收割过来

迅速淹没一个又一个山头

晒太阳的老人，起身收拾晾晒的衣物

也收拾晾晒的自己。蹒跚入屋

黄狗和我，都在仰望山那边，即将落下的太阳

它眼里的落日，和我眼里的落日

不知道是不是一样

长尾巴鸟停歇在高压电塔上，魂不守舍，左顾右盼

大地正从一种颜色，向另一种颜色过渡

拿一件外套给自己披上

我已习惯，大山的日夜温差、变化无常——

黎明的清华，黄昏的妩媚，黑夜的魔幻

我在山脚下工作，生活，散步，也写诗

青蛙坐在井里呱呱呱抒情

我和青蛙，都有孤芳自赏的勇气

浇　水

清晨不浇水

怕滴水漏向雨棚，击起的声响

吵醒还在熟睡的邻居

夜里不浇水

楼层低矮，怕一开窗，蚊蝇飞虫

在无边夜色中，都争先恐后地往屋里头飞

晴天不浇水

怕打湿楼下晒出来的衣物

鳗鱼干、酱油肉和来来往往的邻居行人

我选择下雨的时候浇水

最好是雨声沥沥或大雨滂沱

我就可以肆意地浇水

是雨是水，是对是错，是黑是白

是人为，还是自然

谁也分不清

与自己

与花，与草，与虫，与檐下的雨水

山峦间起伏的水雾烟云

与微尘，与落日，与故人，与无边无际的静

深入骨髓的孤独

放空，缄默，聆听

时间踩过心尖的声音——轻柔，美好

缓缓归。那是不是人间应有的恬静？

守护孤独，守护一个人的眷恋与信念

放牧灵魂，抚慰温情，乞求宽宥

深入生命，在字词抵达不了的远方

觉知生死，坦然迎接万事万物瓜熟蒂落的过程和瞬间

青春无解

一

三月桃红

九月枫红

十二月霜红

婚纱是红的，红烛是红的

流泪的眼睛，也是红的

温柔与冷酷，虚幻与脆弱

攥在手心里，久了就像梦

流水带走了红叶，就这么看着

尽管让它走

真相，总是出现在多年以后

二

村口那株桂花树

已活了上百年

菌菇与苔藓，清风与明月

虫蚁与鸟巢，都在树上安居乐业

有的短暂，倏然若梦

有的和树一样，活了上百年，见证千百万过往

那年，那月，那天，我站在桂花树下

目送你离去，你在山路上时隐时现

直至，望眼欲穿，再也看不见

三

养牵牛花、月季花、胭脂花

再养几株凤仙花，又叫指甲花

让自己有事可干，看自己慢慢变漂亮，从指尖开始

读几本小人书，《西厢记》《林海雪原》《苦菜花》

专挑谈情说爱的地方看

反复看，反复看

写日记，对，就是从这里开始写日记

写鸟语，写花香，写竹子的瘦，写桃花的红

写思念的苦，写青春的惶恐

密密麻麻，写了一张又一张

过段时间，纸张发黄，青春也发黄

四

岁月是神偷
我时常逆流回去看看
推开门，翻开泛黄的族谱
闻闻草木的气息，打开锈迹斑斑的
日记，看看青春轻盈的足迹
我怕，久不光顾
会被岁月偷了去

一下雨，流水便开始抒情

一下雨

流水便开始抒情

有时候，是微微荡漾的清澈

有时候，是泥沙俱下的澎湃

有时候，是满目疮痍的伤痛

有时候，是浑浊不清的迷茫

轮回反复，阴晴未定，似一个人的藕断丝连

站在雨里，略略出神

伞裙上跌落的一滴滴，碎了一地

仍然露出开心的笑容，小小的酒窝

努力保持轻盈的模样，将笑容传递给大地

那无声伏低的，一半是生命，一半是倔强

多么像

多年前的自己

这个季节开始变得不一样

春生，夏长，秋收，冬藏

寒冷覆盖了田野，我隐藏了忧伤

左边，隔着栅栏

一朵花，在岁月的扉页上吐气如兰

几瓣幽香，飘落在地上

风扛起它，走过好几条村巷

我沿着这条路，追赶花香

发现草已经从右边的缝隙里钻出，猛烈生长

借助风的力量，奋笔疾书岁月的模样

这个季节开始变得不一样

在三板桥过年

撑着伞

站在村口的大樟树下

雨水轻轻地降落在我蓝色的伞面上

又接二连三地跳下来，满地翻滚蹦跶

一只黄狗摇着尾巴，站在树下，用散漫的眼神盯着我

一群鸡仔旁若无人，在鞭炮屑里翻找美食，翻找希望

右边有一条小径，爬满杂草青苔，直通山腰人家

大门朝南，红色对联贴得不太端正

檐下雨滴如珠，瓦上炊烟缥缈

灶台上摆满鸡鸭鱼肉年糕豆腐，我想

屋里头言语温暖，笑声爽朗

屋前菜地竹林，溪涧清流，风烟俱净

滩上芦苇纤细，卑弱，迎风傲立

我有一瞬间的迷糊

我很想跨过那条小径，走入山腰的人家

我很想找张凳子坐下来

我还很想，伸出手，在炉子上暖暖

我曾在老家的镬灶间、堂前间、地主殿里

遇见过年很多次，我知道年的全部

城里的年，和山里的年，还是不太一样

那些年，父亲还在，生火做饭，杀猪宰羊

贴门神，贴对联，挂灯笼，祭灶扫尘

敬土地，敬神明，敬祖宗，燃放爆竹

年年欢天喜地，苦日子也能灿若云锦

如今

我站在山腰人家门前，回味丢失已久的年味

度过了我值守山中的年

我有一片冰心

我有一片冰心，在玉壶

在一条含情脉脉的路上

绕山绕水绕村庄，一直绕进小镇的心上

我有一片冰心，在玉壶

在村口那株大枫树上

叶屏息，枝止语，与天地做庄严肃穆的会晤

我有一片冰心，在玉壶

在65度的农家烧白酒里

那股浓烈，漫过天空、大地、万物

体内月光的荒芜

暮色，照片墙，石头屋

蜗牛，明月，熊熊篝火

——夜空浩荡，诗歌璀璨

喜悦，像一朵朵蘑菇，从落叶底下纷纷探出头

一朵叫冰心，一朵叫幸福

畲乡竹竿舞

以竹之节之清之香

以蝶之韵之灵之幻

以蜻蜓点水之轻盈

以虫鱼草木之冠名——

竹竿轻敲，脚步凌波，舞者灵巧

畲乡人，在竹竿的缝隙里舞蹈

在时间的罅隙里飞翔

用脚尖丈量生活，走出重重叠叠的森林

咔嚓咔嚓咔嚓咔嚓，那是强劲回旋的精神之气

嘿呵嘿呵嘿呵嘿呵，那是响应自然的寂静之声

开合开合，开开合合，那是生活强健有力的节奏

种子萌芽，雨过森林，落雪低语

会说话的舞蹈，与舞者的图腾

畲乡人，以竹之节节向上，传承融合创新

蒙德里安的时钟

我走进一条小巷弄

我靠近一堵旧城墙

我端详着墙头那个红黄蓝时钟

我顺着时钟秒针往内观察、寻找

正是冬日的午后，天空透明

万物通达辽阔

那些低于尘埃的生命

简单立体，骨骼清奇

你看，有时间走过墙头

飞越巷口的天空，那是纯粹和内省

是一个城市内部的安宁

辑 二

穿过寒冬拥抱你

太阳跃落时，带走了霞光

小村庄点燃火把，把光续上

我读懂了人间疾苦

阅读之光

只是为了挣脱束缚

只是为了走到更远的地方

只是为了看到更美的风景

只是为了与他（她）的重逢……

翻阅走不到的距离，指间光阴若碎

渴望，在纸上消磨，佯作淡漠

白昼黑夜，富贵饥馑，良善邪恶

圆满世界的话语，吐纳孤独的气息

书页随风而动，触摸够不着的空间

而身体，永远位于原地

保持执拗的缄默

阅读的门槛

心情好的时候，看花
心情不好的时候
我也站在窗口，看花
对花而言，我是一位阅读者
对我而言，我是一位被阅读者
我们互相凝视，互相翻阅
忠实记录
我们在缄默之中，敞开心扉
我们在无言之中，修复自己
对话吧，用至简的语句
思索吧，用体内花瓣的芬芳
一朵茶花，足以让美好驻足
抵达言语之外的超脱

时光的破镜

我的白发，从里面开始

我的衰老，从表皮生发

青春在我体内挣扎

但我在促成它的腐朽

我是时间的证人

时间令我孤勇

亲人们啊，那些灯火可亲的夜晚！

我是草木的证人

我看它萌芽成长，看它枯萎坠落

仿若看人世间的楼起楼塌

我是被岩石击碎的浪花

疲惫之躯，无法抵达梦中的海洋

我的家乡，浸没在水里

我在水里出生，我在水边成长

我们都是大自然的孩子

却失去了对水最初的记忆

生日与祝福

昨天，妈妈生日

三天前，我生日

不喜欢榴梿的儿子，给我们各订了一个榴梿蛋糕

只因为我和妈妈都爱榴梿

他也很夸张地张大嘴巴，皱起眉头，吃了一小口

然后说，你们都还没有许愿呢

他不知道

我们内心的愿望

像榴梿壳上的刺尖一样

既疼又爱

多得数都数不过来

近　况

几个月前，有一位同学

通过另一位同学，添加了我的微信

她说，微微，总算找到你了！

还记不记得当年睡在上铺的姐妹？

我想起了每个清晨夜晚，上铺垂挂下来的

如柳的秀发，那一片温润柔软的风景

我想起了水江边的囡囡，雪色透明的肌肤

水汪汪的眼睛和那一对迷人的酒窝

我对她回以热烈的拥抱，仿佛回到当年纯真青涩的姿态

我们聊过去，聊近况，聊孩子，聊男人，聊柴米油盐

我们微信打字聊，语音聊，视频聊，电话聊

直到把心聊到发烫，把手机聊到关机

二十多年，是需要一点时间的

只是聊完之后，生活，又让我们失去了近况

城市的角落

晚饭后，下楼扔垃圾

看到一位阿婆弯着腰

从垃圾桶里往外掏东西

墙外硕大的荷花玉兰，啪嗒一声

落向她灰白蓬乱的发隙

潮汐瞬间从我内心汹涌而起，嘘，我抬头

看了一眼玉兰树，它在夜色里高昂着头颅

阿婆也没有被落花所惊，她颤巍巍地接过

废弃的纸箱，点点头，蹒跚走远

玉兰花从她身上片片滑落，在她走过的身后

一路散发着夜里低微的芬芳

高楼，把月光一瓣一瓣揉碎

投向城市黑暗的角落

像极了

一片片零落的玉兰

一株长在悬崖峭壁上的檵木

你不觉得

它就是我们的影子？

不管环境多么的恶劣，都能在

石头缝隙里，掏出属于自己的天穹

细细碎碎的繁花，是满眼的星星

黏糊粗糙的叶子，是日夜操劳的筋骨皮囊手指

纤瘦的枝条里，抽取出对生命全部的热情

往上一点，再往上一点

就能够脱离沟谷的阴暗

享受外面的阳光

这个春天

它也和我们一样

浑身散发着伤感且坚强的气息

你看，你仔细看，你要是盯着它看

一会儿，你就会看到它眼里扑簌簌往下掉星星

星星滴落在岩石上，继而又往下坠

直到，只剩形销骨立的自己，依然紧紧

攀住悬崖峭壁，积攒力量，为来年的春天

你不要以为，那往下飞坠的

不是流星

我没有片刻停止过寻找

在一条路上

在一棵树下

在一间老屋

在一座庙堂

在一个巷弄拐角处

在太阳下山、月亮升起的时候

在你不存在的地方

此生，我没有片刻停止过寻找

所有的角落，包括自己的内心

以及那些人迹罕至的地方

我只有一种寻找

至高的真实，却又无处不在的力量

搁浅的船

破败

锈迹斑斑

被梦想引诱

被深渊藤蔓攫住

水，送它到了远方

那个它梦寐以求的地方

水，弃它在远方，热情冷却

水是它的希望，水也是它的末日

我怀揣深切的良善

细雨绵密

深陷这幽冷大地

水仙花挺直身子，在玻璃

台阶上，倒映出浅黄色的身影

没有风，窗前的玉兰树正发呆

楼房很矮，刚好与人间面对面

光照不多，太阳偶尔会光顾我杂乱的书桌

我与迎面而来的阳光打招呼

趁着这一点光，把一盆花从室内搬到窗外，再将自己

从一段日子，搬到另一段日子

我怀揣深切的良善，守护一朵花

自由地呼吸，在阳光下快乐地舒展

企图摆脱，噩梦的恐惧，铁链镣铐的寒冷

却探寻不到，豁然开朗的窗口

更无法辨识，日子不同版本的诡异

那些修辞，或抒情，或高歌，或雷厉风行

唯独不会哭泣

我都是为了她好

疫情期间
每天都给妈妈打两个电话
这不是我平时的风格
也没多少话要说，无非就是重复
重复这次疫情
患病多少人
死了多少人
不好意思，我总是把官方给的数字
放大了倍数
我把这事儿，讲得有理有据，一板一眼
我的妈妈没读过书，不认得几个字
我只能这么做
我怕我缩水的话，引不起她的重视
我都是为了她好

隔离日记（组诗）

生命脉络

雨一直在下
从早上，到黄昏
阳台上那朵铁线莲
终于失去了颜色
但它依然，昂着伤痕累累的头颅
奋力拼搏在前往春天的路上

窗外，被去年台风折断的树
又活了过来，郁郁葱葱
一群麻雀，叽叽喳喳开始放歌

歌唱一片绿荫，可以筑巢安家
歌唱风和日丽，花朵次第绽放
歌唱琴瑟在御，岁月静好芬芳——

不知道它们，歌唱不歌唱

惊恐，黑暗，挣扎和绝望，以及

那些死去后，再也活不过来的人和事

叫外卖

第十九天了，叫了份肯德基

外卖小哥致电，已送至社区保安亭

儿子干脆利索地穿戴整齐，说

妈妈，我下去拿——

妈妈，你咳嗽还没好，不可以出去——

妈妈，我办事你放心——

去保安亭，要经过前方

已被封闭隔离的，有确诊患者的那栋楼

离保安亭十几米，离家七八十米

我突然很后悔，这嘴馋的第十九天

也生出宽慰与暖意，和我一样

平时沉默少语的孩子

在关键时刻，一点也不含糊

寂静音乐

空白的一天

安静的一天

孤独的一天

把手机交给网络课程

把时间交给陈富强老师的《万物无尽》

《源动力》以及《能源工业革命》

和一杯荒野贡眉

"当水在青铜盆里颤动，反射出阳光

灿烂的光芒会在空中飞舞

一直升到天花板上。"

哦，这美好的，电力能源之歌！

恰到好处的引用，仿佛音乐响起

音乐响起，世界就安静了

这落差，是不是可以发电？

水电之光

他们只关注

温度，刻度，有功与无功

他们只关注

水位，库容，来水与耗水

他们只关注

风的方向，云的走势，以及雨水丰满与否

当然，他们也关注

花朵上的晨雾，水尖上的露珠

和疫情当中的温暖与离殇

他们不是诗人，却在城市的远方

他们是我的同事，水电站最普通的一线职员

他们不会讲豪言壮语，从疫情开始到现在

他们只会说：我报名留守值班

他们只会说：你们不用进来，我们继续留守

他们只会说：没事，疫情过后，再安排

他们在深山里，用最真实最简单的能量

发出微弱的小水电之光

这洁净之光，并入国家电网

最终能源互联

在你我心里，共同发出一束光
在所有黑暗的角落里，发出光

陌生的拥抱

这段时间
加入了好多群
蔬菜群、生鲜群、水果群、社区各种群
以保障生活之需

接了好几条龙
捐口罩的龙、捐护目镜的龙、捐设立门禁系统的龙
以响应互助之暖

领取了一个小任务
统计社区各组团各门栋各楼层各住户
70 岁以上的老人和困难需扶持的家庭

这是老学区房，没有电梯，老人孩子多，租户也多
社区工作很繁重，爱心人士自主来帮忙

他们穿雨衣雨鞋，戴摩托车头盔
一栋栋一层层，为高龄孤寡老人
送菜送米送药，送测量用具，送防护用品

感觉到这个社区空前的团结和温暖

我在群里说，我年前感冒，现在还咳嗽
他们说，理解，你不用出来
并给我结实的拥抱

这些陌生的拥抱
这些标着几组团几栋几室的拥抱
让我眼眶发热，无端地伤感

盼春

电闪雷鸣，风雪交加
北下寒流，呈断崖之势
令疫情雪上加霜

火神雷神在风雨里哭泣

九省通衢在大雪里呻吟

但是，我亲爱的人们，别怕
你看，还有那么多天使
在逆流里奔向你

毒瘤伸出魔爪的同时，也照出人性！

我亲爱的人们，别怕！
在风暴里吓破胆的
是还没有跨越底线的，那些人

我亲爱的人们，别怕！
捂住心跳，我们一起祈盼
雷霆枯萎之后
一定是绿意辽阔的春天

且与你

立春刚过
绿叶，过早凋零

河流，提前嘶哑

哨声，怆然结束

雷鸣闪电，撕开黑暗的夜幕

仿佛，双手撕开生命的裂缝

掌心里，新生儿努力地睁开眼睛

探向陌生的世界

天地混沌，宝贝，你可看清？

我不会潜行，亦不够骁勇

我只会落泪，在暗夜里打开手机光亮

且与你，一起新生

呼应大雨的滂沱

穿过寒冬拥抱你

一

都散了吧

各自回家

关起门，焚起香，煮起水

把今天的心，掏出来

摆在茶席上

洗洗，看看

二

连下了好几场雪

山顶，屋脊，洼地，牛棚，狗窝

看得见和看不见的角落

天下白茫茫一片，洗得真干净

三

古人云
各人自扫门前雪
莫管他人瓦上霜

四

小心
地球变暖了
虫毒邪魅从地府里爬出来
人间失格，各自保重

五

红，是宝石红
玛瑙红，朱砂红，碧玺红，中国红
都是可以压住邪魅的红
白，是水洗白
霜白，雪白，冰白，苍白，惨白
一清二白，不明不白，冷冷的白

网上一条鱼

一

目光呆滞

举步维艰

肉身被丝网牢牢禁锢

伤痕累累的鳞片上，仿佛还有昨日的余光

喘息，腐蚀，露出白骨

苍蝇寻味而来

围观者众，指点江山者众

大家都看到了

鱼死，网未破

二

溪流凝冻

鸦雀静默

风，从四面八方吹过来

冰层在水面上嘎嘎作响

那些还活着的鱼，吐着泡泡

东突西撞，往上，再往上
它以为，渔网就是火车票
离岸，就有人间烟火的美好

三

记忆七秒
埋头饮水间，忘却了摇曳的星辰
仰头吐泡泡，忘记了无底的深渊
鱼类吐泡，有着本然的诗意
不像人类吐槽，怀揣无边的怒火
当然，鱼说的不是人话
倘若能，那一定是——
我渴望，我渴望，我渴望
我渴望自由
我期盼，我期盼，我期盼
我期盼清新的空气、干净的水源

四

剖肚，刮鳞

蒸、煮、红烧、煎、炸、炖

什么样的苦难，没经历过

生有多艰苦，死就有多不屑

添一杯水酒，我依然能豪放斟饮

邀上石斑、黄赤、翘嘴、青鱼、银鱼、黑鱼

邀上清风、明月、卵石、苔藓、水草

邀上池塘、溪流、大江、海洋与深港

醉它个地老天荒

醉它个"不省鱼事"

五

我不睡

我不能睡去

我要保持清醒，保持

一条鱼的向"网"而立

人有高矮胖瘦

鱼有贵廉洁污

"人间有味是清欢"

这味，在口腹之欲外

一条鱼几秒的记忆

雪花与梅花

一朵

两朵

三朵……

在山旮旯

在围墙内

挣扎怒放

她们是四季的希冀

萌芽在春天的枝头

她们是燃烧的浪花

点燃大海的咆哮

她们是柔软的子宫

繁衍生命的温床

她们是孤独的坟墓

走向死亡的源头

她们是最后的呐喊

人性沉沦的堤岸

她们是江河湖海的活水源头

让疼痛出走

一朵小花，含苞未放
就被风雨打落
一滴雨水，未凝成行
便被人间蒸发

风暴嘶吼，桅杆崩裂
谁也无法抵挡暴风雨的到来
沉溺不过是迟早的事情
不管你如何攀附

我也害怕，所有的风吹草动
我的羽翼尚未丰满
我的骨头尚未坚硬
不敢发出死亡或者活着的质疑

我潜入水里
我要用水的纯净，清洗我脾性的卑微
我要用水的声音，掩饰我呻吟的软弱

我想找一条通道，让我的疼痛出走

我的冷漠，我的逆来顺受，我的苟且偷安

我怕被你，你们，一眼望穿！

风月同天

风狂雨骤

大地淋漓失守

失控的情绪

有一部分，来自天上

有一部分，来自涂了环保色的铁丝网

山川异域，风月同天——

我们都渴望

玫瑰的真心、水滴的迷人

患难与共的人间温暖

那是，四月清晨里

明如秋水的眼眸

那是，风雨混沌中

透出的，一缕细微晨光

美好重构

你在春天的尽头

向我走来，铜锣破嗓的声音里

还夹杂着斑斑锈迹

地上横七竖八，春天零落的样子

还有一朵颓废

砸向我的车窗，浓郁的抒情

像点落在纸上的，一个感叹号！

昨日谷雨，阳光高悬，防湿邪侵身

接下来是立夏，万物应皆长

季节往复，没有尽头

愿生死轮回，美好可以重构

为那一点尚存的勇气

发热、呕吐、呻吟、挣扎

病毒如海水般汹涌而来

我们都自觉退回，钢筋水泥浇筑的城堡

无须钢叉，无须铜锁，无须铁皮封焊

面对多端的变化，反复的无常

我们早已习以为常

我不知道，我们从什么时候开始

变得这么自甘堕落

我们在自己的城堡里

欣喜、痛哭、动情、迷茫

我们在自己的城堡里

练习活着或死亡

我们无声哽咽，我们泪眼模糊

我们不是因病痛而哭，我们是为爱而哭

为那一点尚存的勇气而哭

病毒噬咬着我们无辜的肉身，你看

你脸色苍白，你眼神呆滞，你满脸惊恐

你笑得有气无力，你哭得伤心欲绝

你说，赶紧把窗户关起来

外面风很大，树叶婆娑作响，阴魂步步紧逼

你说，落雪子了，雪子让你的双肺蒙上了灰

你说，血红色的玫瑰刺得我们遍体鳞伤

这朵畸形之花，它把根扎在我们的肉体上了

你说，抵挡不住了，阳就阳了吧

病毒除了能摧毁我的肉体

摧毁不了我的灵魂

我的灵魂永远是阴的

还是要爱

还是要爱

不管悬挂还是跌落

落入泥土的高贵

不是所有人，都能看见

还是要爱

不管完美还是缺陷

回到生命的原点

微不足道里，潜伏着最大的拯救

还是要爱

不管冷漠还是盛情，胸怀慈悲

白色，青色，烟火色

牡丹的风流，梅花的风骨

雨过天晴，那都是美的颜色

还是要爱

用一炷香的灰烬，托起余温

用一朵花的一生，呈现盛大

用有限的词语，穷尽万水千山的表达

年终总结

这一年，我只写了一首诗

诗的左边是泪水，诗的右边也是泪水

这一年，好些词语，我都不会用

它们湿淋淋的，浸泡着泪水

它们七歪八拐的，浸泡着泪水

它们披头散发的，浸泡着泪水

它们眼眶红肿，浸泡着泪水

它们衣冠不整，浸泡着泪水

它们被拖出自己的身体，浸泡着泪水

它们遭受非议，饱受争议，浸泡着泪水

它们活得战战兢兢的，浸泡着泪水

这些浸泡着泪水的词语

它们让我的诗，浸泡在泪水里

这对一个热爱生活的人来说

是多么的不幸！

自 由

不发电的时候

中控室是安静的

翻开书，面窗而坐

看太阳从山顶慢慢升起

看天青色的烟云从山那边一点点褪去

看密密麻麻的光，连成点，组成线

从所有撕裂的缝隙间闯进来

这些光线，坦荡磊落，它们从不绕弯

即使拥堵、交叉、重叠、碰撞

它们总能保持正确路线，永不偏颇

窗外，风追着树叶在跑，沙沙有声

伴有小水电自带的嗡嗡嗡高压音响

鸟鸣错落，清脆，厂区愈发寂静

窗前梨树枝丫上，绽放着好几朵白色的小花

这是冬季呀！

没错，这是梨花，美得狂野

好好活着，不辜负每一个寻常的季节

所有的自由，都值得尊重

世界读书日

世界读书日

朋友圈里铺天盖地晒

晒书，晒读书，晒书单

我想起小时候，老师们翻山越岭

挨家挨户，甚至自掏腰包地劝学

灶台前烧火做饭的、猪栏里喂猪的

农田里拔草挑肥的、溪流边浣衣的……

脏兮兮的小女孩，也有小男孩

一个个，陆续被接回到课桌前

他们还没来得及整理好自己的情绪

他们挂着眼泪与鼻涕，他们背着尘埃与烟火

但他们眼里泛着光，粗糙的小手

重新拿起铅笔，翻开课本……

都是劝人读书

没有什么不一样

又好像，有点不一样

尘　世

空间开始缩小，到

只有我和尘埃的距离

我按了按铜环拉手

轻轻推开门，尘应声

抬起懒洋洋的头，算是对我打招呼

桌面上那幅，不知道是谁残留的字画

墨迹早就干了，廉价的笔砚

呈现没有清洗的痕迹

画上半朵荷，顾自清冷绽放

我环顾四周，快速地翻了翻历史的章节

书声沙沙沙，和窗外的雨声一样

有点冷，我只在这里站了一会儿

这一会儿，尘分别停留在我的裤管衣裳眉眼肩膀上

一声不吭，我也忽略它们的存在

我只对书架上那些陈年书籍，表现出喜爱

尘谦恭有礼，纷纷退让

头顶上那盏昏黄的灯，在尘的反射下忽明忽暗

在跨出门槛、扣上房门的那一瞬

尘，蜂拥而至，仿佛与我挥手道别

我也终于明白，所谓"尘世"的意义

过年了，我去看看他

他是村里的低保户

住在移民村最角落的一间屋

屋旁边是村民活动中心

和一个小小的、村民们集资供奉的香火庙

逢年过节时，我偶尔会去看看他

大年三十这一天

我把猪肉、松糕、面条、花生油，从车上搬下来

他站在门口，搓着双手，憨笑着

帽子有点大，盖住他半张脸

帽檐边缘垂下来的破棉絮，挡住了他的眼睛

胶鞋一半是泥巴，另一半张着破嘴巴

脏兮兮的薄衫，里一层外一层，足足套了五六层

不冷吗？我去年给你的棉衣怎么不穿啊？

过年了，怎么不把自己洗洗干净呀？

——我问他

嘿，嘿嘿，嘿嘿嘿……

他弯着腰，弓着背，咧着嘴傻笑

站在那里，像一个阴冷的问号

落雪无声

一朵，两朵

三朵，无数朵……

它们是空降特种兵，从设计好的

高度，打开降落伞，成群结队抵达

它们摸进村口，爬上墙头、瓦檐、稻草堆

它们进入猪圈、牛栏、鸡舍，冲向通往童年的隧道

它们裁剪成花，装扮童话世界的精灵

它们聚集成海，淹没阴暗潮湿的丑陋

它们凝结成冰，劈开混沌天地的无序

它们融汇成水，彰显人间万物的原形

它们有时很轻盈，仿佛天使降临人间

它们有时很粗暴，压坏海棠，冻结大地

一夜之间，席卷走所有活着的颜色

它们唯独不去碰触，雪地里那盏灯

那灯光，立在天地间，穿透苍茫原野

指引迷茫的人前进的方向，那灯光

传递着人世间无畏的精神

和冰雪的信念

父 亲

我又来看你了

沿着那条小路

你看，花草已先我抵达

每年清明节，我和弟弟都会将杂草清理

但只要我们一走开，杂草又会迅速聚拢、生发

它们是那么炙热，执着，充满活力，乐于给予

或许，对于爱，它们有自己的方式

这有什么不可以呢——

你是那么喜欢土地，如今你与它们活成一片

仿佛生命，依旧充满绿意而丰盈。你看

你一睁开眼，就能看到清晨的露水

群星闪耀的苍穹，你在平行世界里

可以自由呼吸，自由走动，清寂又舒展

多么好，爸爸！我知道，你一定也是这么想的

爸爸，对你的爱，我们不想用钢铁水泥来圈固与表达

那太狭隘，还破坏漫山遍野万物自然的轻快

爸爸，明天又是清明节了

窗外四野青山，我看那漫山遍野的绿

仿佛都是你！

今天，我和母亲一起怀念你

我想辟一块地

种许多花，供奉你清冷许久的墓地

庄重高雅的献给你，光彩夺目的留给我

好让你远远地，就能看到

我并不苍白的生命

我想挖一个池塘

蓄一池平静，安顿我忐忑不安的理想

清爽洁净的供养花，混沌浑浊的置一边

让时间，让耐心，慢慢修复沉淀

好让我每天面对如镜的水面，找回自己

我想修一修旧居

翻一翻旧瓦，擦干净布满灰尘的桌椅

与你花前灯下讲讲话，好让你卸下对我的担心——

这世界越来越不尽如人意，我依然行走在路上

虽然走得摇摇晃晃，但目的地明确，不会迷路

我身上流淌着你的血液呀，爸爸

我和你一样，对盛开的花朵充满向往

对清澈的河流充满朝圣者的膜拜

你说过，如果没有鲜花与流水，大地将失去芬芳与洁净

那么，从此以后，你就住在这里吧

嘿，其实，我，我们，原本就住在这里啊！

妹妹总来电

以前，最怕妹妹来电

怕她在电话里，撕心裂肺地哭泣

怕她说，他（妹夫）打我了，又拿椅子砸我了

怕她说，我不要活了，我死了算了

三天两头，我的惊恐心疼都在妹妹的来电里

现在，妹妹依然来电

她来电总说，你下班经过我这里

玉米熟了，土豆熟了，丝瓜熟了，芥菜熟了

马蹄笋挖出来了，南瓜已经收拾妥当了

红糖做好了，红酒酿好了，白酒蒸好了

你带点止血贴给我，他的脚又流血了

你给他买一双雨鞋，他那双穿破了

天冷了，你给他买件羽绒服。还有

你给我买条裤子吧，不要黑色的

不要黑色的，我想要一条红色的

止血贴

妹妹

给我打了一个电话

叫我买一些止血贴带给她

她说我买的止血贴，牢固、防水

她自己买的，一出汗就掉

她只挑最便宜的，不知道一分钱一分货

她说这段时间，他的腿又不时地流血

每天要用很多止血贴——

静脉曲张，骨髓炎，已至双腿根部，无法手术，时间不会太久

不要干活，尽量躺着，不要长时间走路——

医生的交代，一长串，分好几次讲

我对其他的没疑问，我只是想问问

时间不久是多久？

医生有点面露难色，我便闭口

我唯一能做的，就是给他买止血贴

我希望，我能一直给他买下去

辑 三

在内心建一座宫殿

虫蚁爬行

鸟兽奔走

不是你眼里看到的混乱

它们拥有堪为人师的秩序

和辽阔世界的井然

诞 生

花叶凋零

那仅是躯体生命的终止

灵魂不能暗淡

世间美好，都在你的眼睛里

归　还

虾蟹是一条河流的生态

花草是四季更迭的言语

鸟雀在枝头鸣叫，虫蚁在泥土堆上忙碌

我相信，它们都是造物主在宇宙间的自我表达

谁能写下全部的见闻？没有

但是，有很多很多的瞬间

让我们惊讶、郁闷、悲伤或感动，满怀深情

我想，我想，我想

我想，我们是不是应该放下虚空

接纳万物自然的全部——

比如，将雨水归还大海，将云朵归还天空

将阳光归还明媚，将黑暗归还阴影

将清醒归还人间，将是非归还分明

敬畏自然，敬畏生命，敬畏规则

敬畏一粒微尘的力量

时刻凝视自己，让自由发声

让苦痛发声，让死亡发声

让不完美，更为珍贵

所　见

螳螂是自己死的
蚂蚁是自己来的
我没有为它们创造了什么
我只是观看，绝不破坏
之后，螳螂会消失
蚂蚁会消失
草尖上的露珠会消失
我，也会消失

悟

路的尽头

是尘

是海

是空旷

是深渊

是死亡

我奢望

做一滴路边清透的水珠

在晨间坐化

一干二净

一往情深

一眼万年

螺　蛳

我一靠近

它们就把柔软，缩进坚硬的壳里

紧紧关闭，棕褐色的舱门

我走开，它们又偷偷伸出粉色长舌

做交头接耳状

我认为这很八卦，不人道

——当然，它们不是人

但我又忍不住，把耳朵竖得细长

和它们的长舌，交织在一起

偷窥它们，壳里的道场

我发现，这个时候

似乎我也不是人

蚯蚓，从草根缝隙挣扎而上

它趴在水泥地面上

倔强的模样，任太阳的毒辣

将它的身体抽干

死去的它

失去了柔软与粉嫩

反而有一种铁色铿锵

看起来，更有骨头骨气骨感

我不知道，它为什么从草根缝隙挣扎而上

难道，它以为

土地之上，便是人间天堂？

蚂　蚁

那只是土地上的

一只蚂蚁

它那么微小

为了活着，它扛起自身几十倍的重量

踉踉跄跄

勉强平衡的步履

牢牢撕咬住生活

生活，撕咬着我

我们

鱼已无处藏身

网格

越织越小

小到，没有漏网之鱼

智商

越来越高

高到，超越底线无网可束

捉　虾

捉虾

要从背后下手

糖衣棍棒使在眼前

弯腰驼背，只是它的生理缺陷

对所有的眼前诱惑

它都拒绝，保持后退姿态

即使退到掌心，无路可退

依然保持，一只虾的堂堂正正

青　蛙

它趴在窗外，

趴了很久。我知道

它不是在等我，但外面下着冷雨

雨点直往它身上拍，我有点心疼它

起身，打开中控室"闲人莫进"那扇门——

反正，它也不是人——

想请它进来躲一会儿雨

没想到，我一靠近

它居然手忙脚乱，跳进草丛

一路狂奔，唉，只是童话中的王子

到底不是人

山水行者白鹡鸰（组诗）

宽 2 毫米，长 3 厘米

黑灰色，水洼洼

书桌上惊现某物的粪便

我在 10 平方米的空间里惊得团团转

床底、衣柜、天花板

书的缝隙、窗帘的褶皱，以及马桶的蓄水缸

没有发现可疑物，它们敞开、坦荡、明亮

此刻，天寒地冻，我和衣危坐，内心震颤

这来源不明的排泄物，打乱了我正常起居的起承转合

让我变得惴惴不安

如果，今夜我不幸失眠，请你一定要宽恕

不是我不懂人间烟火，实在是因为

我未修好的浅薄与怯懦

罪魁祸首

终于找到了

昨夜的罪魁祸首

它踱着方步，从一楼到二楼

从 201 到 202，203……

踩着敞开房门透出来的光

俏皮从容，它径直走进了我的小阳台

坐下来，用自带的山水朝雾，研了研笔墨

动作娴熟。它挥动轻羽鸟毫

在我翻开的书扉间，翩翩起舞

它甚至还用嘴，探了探我的被窝，带着鸟类的关怀

估计是看看，天冷了，这个女人的被子，会不会太单薄

它还在卫生间的镜子前，照了好一会儿

它会不会是搞迷糊了，以为是在自家，出门前的梳妆打扮

你看它，没有一点点误闯民宅的胆战心惊

直至我的提醒，它才"呼啦"一下，逃离现场

它自以为行踪隐秘，却不知那滴下来的几粒"鸟鸣"

早已被我盯上

山水行者

它有一个漂亮的名字——白鹡鸰

有一身轻巧的行囊，抛弃功名利禄的轻裳

23 克的体重，18 厘米的身高

它衔着，雨粒清风树木，草叶上潮湿的露珠

薄薄的静，厚厚的生命态度

它衔着，四海朝霞绝壁云雾

山水的从容，填补了我深陷内部的缺口

柔软纤细的脚印，奔腾着江河湖泊

绿意茂盛，水声汩汩

我枯萎的内心，惊雷阵阵

退化的翅膀，长出幽微的芽——

我想跟紧它的脚印，追随它的轻盈

抛却负累与沉重，行走山水，直上云霄

自然哲学

深夜，有客人来访

我在屋里抄表、看书、写字

它趴在窗外，屏息端坐

我们隔着一片薄薄的玻璃

玻璃内外，仿佛两个截然不同的世界

它缓缓地张开翅膀，冲出幽暗的谷底

羽翼轻盈薄透，向着光

它的举止，比我的文字深刻

我坐在窗前，笨拙地写

写无病呻吟的青春，写有病呻吟的中年

写喧嚣热闹的人世，却写不出

与它一样的沉着、从容与自信

轻轻叩窗，我想与它打个招呼

想与它聊聊，关于生命，关于死亡

还有那些被磨平棱角的信仰

我还想与它聊聊，如何让生命发出一束光

它一定是读懂了我的想法——

它没有被我的言行举动吓跑

它稍稍换了个姿势，一言不发地看着我

它是不是，用它的不动声色告诉我

无我相，无人相，无众生相

自然万物，是一座庙宇的灵光

硕　鼠

昨晚，它们在我的店堂里开了个派对
应该说，它们很没礼貌，作为主人
我居然没有收到请柬

桌子上留下一堆残羹冷炙——
饼干屑、牛肉粒、芙蓉糖、瓯柑
一杯未喝完的黑茶，一堆排泄物

绿萝、多肉、万年青、兰花
被它们连根拔起，从花盆搬到了茶几
很显然，室内被它们重新做了布置
我刚刚添置的盖碗，也被它们打碎了

我觉得，它们积极过日子的生活态度还不错
只是，情商差了点，茶艺还要加点功夫再练练

我用一上午的时间，清理残局，带着不满的情绪
唯一值得庆幸的是，它们没有动我的笔和电脑
没有偷窥，我写的日记

我想这样嫁接深情

据说，企业女职工 50 岁退休
我掰着指头数了数，好像剩下没几年
我不是高兴，我有点小小的忧伤
在人们忙着办理内退早退各种退的时候
我想再上几年班

我的工作远离黑暗，与人类的光明有关
我的办公地点，在别人的眼里，叫远方
远方依山傍水，葡萄、杨梅、枇杷、油桃
李子、柚子、石榴、樱桃、猕猴桃……
在进山路上，远远的地方，便排好队列

有一副渔网，只等夜里停机的时候，放下尾水
与鱼儿虾儿争个网破。第二天，桌上野味鲜美
同事们拿出家烧的美酒——美人琼
嘴唇轻轻碰一碰，美露甘甜便钻进心窝里

山水快意，自然亲切，深情缘起

于是，退休前的几年，我决定动手修修老家的房子

老房子简陋却空灵，一样依山傍水，离远方很近

不用修山，不用蓄水，只要搬一屋书，煮一壶茶

种一堆花草，养一些美味，然后

再把深情嫁接……

五十岁以后

欲念越来越少

脾气性情越来越孤独

喜欢独处，喜欢沉默

只允许深情在心底静卧

那是青春执着的微弱标志

老花镜指引我精神的走向

大自然深藏可贵的，生命日趋成熟的线索

它让我坦然地接受，万事万物的瓜熟蒂落

它非常明确地引导，我身后的居所——

那里有绿洲，有一片美丽的小湖

有燕子，有麻雀，有斑鸠

有成千上万种令人着迷的野花野草

我已经想好了，做一棵其貌不扬的树木

扎根在湖畔，阳光、雨水、青苔

以及各种各样的微生物，它们赐我营养

我撑开身子，保护下层植物的土壤湿度

相依相偎，默默守护

春夏秋冬，日升日落

老花镜

惴惴不安

在字词之间

在看见与被看见之间

越来越离不开老花镜

生白发，长皱纹，出老年花斑

何惧？无非是皮囊

无非是一个人人无法逃避的生命小废墟

从视觉开始，我怕

那是我看世界的目光

戴上老花镜，无异于众目睽睽之下

接受岁月生寒的逼迫

离开老花镜，我陷入茫然、迷糊

我昏昏沉沉犯困，我想入睡

拿起，放下。放下，拿起

我的反复，我的倔强，我的不服

令字词含糊，生活回归不了其原始的

某部分的简单、清透，甚至享受

众多的白昼，众多的黑夜，众多的美好

众多的无奈，众多的感激，众多的恍然大悟

是不是，往后余生，都要与它

陪伴着过？

在内心建一座宫殿

在内心建一座宫殿

用春天的花装扮，让心栖隐山林

与花同眠。草木寄情，风月无边

看花落云卷，陶然清芬，宠辱不惊

在内心建一座宫殿

蓄一池清澈洁净的山水，水生万物

水随圆亦方，水至善至柔，水利万物而不争

谦恭本分。蓄水蓄道蓄精神

"水涨阔，而沙岸全无"

在内心建一座宫殿

以风筑篱，夫风者，天地之气也

不择高贵。生于微末，发于华枝

无形似有形。清风、明月、家书、客情

微凉又动情，等闲识得东风面……

在内心建一座宫殿

落雪的冬天，就在门口堆积一个大雪人

并与它合个影，让它把我带回童年

在屋里生一盆木炭火，让炭火的微弱，驱逐心底的贫寒

尽可能，把宫殿建得高一点

让内心的那个小人，走不进去

把宫殿，隐藏得再深一些

让言更谨，行更慎，择善从，行稳远

我哪儿也不去

我就待在自己的宫殿里

寄情花草云雨的淡泊，聆听四季的清音

收集浪花、云朵、秋虫、卵石

浣衣的母亲，锄草的父亲

鱼贯而行的季节行径

内部公路

那山，那水，那片竹林

那块小小的星空

那些讨厌的、可爱的、帅气的

丑陋的、清醒的、懵懂的人

河流沿山体缠绕，藤蔓顺枯枝攀缘

那些未来得及安排的空白，由它们来填满

老屋在水库底，搅动温言细语的旋涡

有山风，穿过车窗缝隙，贴着我的额颊

触摸，心底陈旧的故事

像鱼儿飞跃。握紧方向盘

在狭窄的公路上，大货车与我艰难交错

货车司机说，别怕，往后退一点，再退一点

我看到自己已退到了悬崖边，底下是万丈深渊

山体碎石滚落，我完美避过

父亲说过，退一步海阔天空

善良的人运气不会太差

我相信父亲

相信，这一条狭窄的内部公路

延伸出来的宽广

一部分

阳光，从高楼的缝隙间穿过来

雨水，也从楼间的缝隙飘过来

不知道，从天空到窗前，它们要走多远的路

雨来的时候

我时常把额头或双手贴在玻璃上

感受落雨的清凉，或悲伤

我发现，细水并不长流

而阳光，它会直接穿透玻璃拥抱你

闭上眼睛，打开触觉、嗅觉、味觉

鹅梨香有一种暖暖的甜

茶壶也是温温顺顺的乖

风，停驻在窗前，与我一起

尽享每一刻的温暖与清静

日子里，有雨水忧伤悲凉、晶莹剔透的一部分

也有阳光温暖明媚、不亢不卑的一部分

路边的桐花

一树桐花

在路边，在视野的前方盛放

风，制造出桐花袅娜的场面

风，将这紫色的香，有序地吹送到车里

我有点打不动方向盘，跑去迅速攀折了一束

这四平八稳的盗花行径！正沾沾自喜

一只野蜂，突然从花朵间窜出

在座驾里横冲直撞。惊慌来得措不及防

我手忙脚乱。它跌跌撞撞，我也跌跌撞撞

从车窗飞身跃出的那一瞬，我看见

它厌恶嫌弃的眼神和死里逃生的庆幸

它搞得我有点心神不宁，一路上战战兢兢

生怕还有一只，躲在花丛中酣睡

回家后，小心翼翼将桐花插进青瓷花器

不曾想，那只野蜂，似乎并不打算放过我

它时不时地在我眼前飞来窜去

它总能将我拖到案发现场

我的自私、我的贪念、我自以为是的自由……

种种迹象表明

路边的野花，不仅仅是一束花

山野夏枯草

花朵微紫，羽状
在路边，有一簇山野夏枯草
美好得有点突兀
我想移植两株到宿舍阳台上
路过有位村妇，见我在挖，她说
这不是野生的，是有人种植起来的
明明就是野生的，谁说是种植的
我聪明得很，我不上当
我继续，我固执己见
她站在我身边，看着我挖
又说，挖两株给我吧
我笑了，她也笑了
这可爱的夏枯草，它也笑弯了腰

置身事外

清空购物车

清空欲念，或者满足欲念

成全自己

纵然一事无成

清醒通透的生命，也是饱满的

读点难读懂的书

写点遵从内心的文字

即使表述不出想要揭示的

即使幼稚，拙劣

那也是独一无二的自己

听听那些匪夷所思的拗事

忽略那些张牙舞爪的拙劣的演技

人生下半场，珍惜时间，珍惜自己

置身事外，让自己散发着孤独的气息

听 水

我自小就听着水声长大
我的文学细胞，从水声里萌芽
我的水声里没有埠头、桨声、发电机隆隆的声响
只有溪涧流过岩石的清脆，偶尔暴发山洪的嘶吼
以及小小的跌宕，谷壑、岩石和被河流
反复冲洗的、盘根错节的枝丫根须

我时常怀抱梦想，坐在小溪边
听水声。对着发白的月光，倾诉我少年的愁肠
当我应和头顶的炊烟，和两岸的虫鸣
迷迷糊糊，拐进时光深处
我体内的河流，便溃堤决坝，无法阻挡

它声势浩大，汩汩发声
时而柔软，时而坚硬，时而有形，时而无形
时而虚幻，时而真实……
它不仅冲洗了，河流两岸时光滞留的垃圾
也冲刷了我身上的泥土沙石
让我的体重，重新变得欢快轻盈

我回来了

风儿扯起白色的裙摆

向我飞奔而来，桃花的脸上

挂着喜极而泣的眼泪，蜘蛛收拾行囊

卷起它的金丝银线，小蚂蚁正在搬运食物

从屋里，到屋外，他们一定是在为我腾挪空间

尘埃们手拉着手，坐也不是站也不是

左右上下，欢呼雀跃

喜悦紧张得不知道自己该往哪里去

苔藓从墙缝里，钻出头来

还用先前一样的态度，与我亲昵地打着招呼

我的父亲，站在墙上

从早上，到晚上，一直冲着我笑

我也笑。可是我又想哭

我离开他们太久了，我的内心已被粗糙填满

我在车水马龙间拥挤，我在柴米油盐间摸爬滚打

我忽略了他们细微的叮嘱，忽略了他们的宽容与博大

我的日子，残缺了一大块

我决定，从今天开始，在这里住下来

我邀请小尘埃们落定，邀请蜘蛛蚂蚁等全都留下来

我邀请它们和我一起，把臂促膝，缝补这片缺失的空白

从此，烟火寻常，山河无恙，万物皆安

骨头里开出了一朵忧伤

像被有毒的蜜蜂叮了一下

像木鱼越敲越快，搅动山寺的清幽

像窗外的那一只蛾，向着光明勇往直前

迸发粉身碎骨的勇气

拿笔来

拿纸来

拿酒来

拿铲子来

真不行的话，给我拿点颜料吧！

趁着酒意，趁着月色，趁着此刻夜深无人

把黑夜涂成白天，把冷色涂成暖色

把耷拉着脑袋的向日葵，涂得再黄再烈一点

把挂在睫毛上的那一滴

涂成空山雨后的那一朵，不突兀

与自然浑然一体，不被陌生人发现

写点儿什么吧

清晨降临，先是浓浓的灰
然后慢慢浅释，有了明亮温柔的白
石斛花探身窗台，悄然而至
七星小瓢虫乘着清风白露，降落在我的视野里——
写点儿什么吧，当渴望战栗，梦想亢奋，一朵花
正含着喜滋滋的憧憬
写点儿什么吧，当人间温暖，不含敌意
一些生命绵延在心头，并没有随着岁月的流逝而终结
写点儿什么吧，当森林寂静，树木沉默，稀疏的草叶间
依然有隐隐的坚守。那是天赋本色！
你且看，遥望者正以另一种方式悄悄抵牾

想想而已

想

一个简单的小院，阳光从早晒到晚

摆一张有岁月旧痕的大长桌

一叠书，一支笔，一画架

再摆上几只小罐茶，熟生普、鸭屎香、老六堡

红茶、黄茶、白茶、绿茶、黑茶，轮换着

三千宠爱，我说了算

想

拈墨草书，写山高水长，写昔日阑珊

写红尘万丈，写属于自己的短暂

人群太嘈杂，留一段孤独时光给自己修行

不争不吵，不骄不躁，不亢不卑

傻一点，痴一点，拙一点，笨一点

智者若虚、若拙、若怯，大智若愚

愚者锋芒、大勇、傲睨自若，夜郎自大

想

把所有的辛酸委屈点燃，付之烟火

想在内心建一座古刹，青灯木鱼，供奉善念

想让四季从内心走过，暗香隐匿，秩序井然

想读点难读懂的书，放下有点执拗的事

想置身事外，让灵魂散发着孤独的气息

想

用最深情的眷恋，把每一日过得寡淡笃定

想步步莲花兀自开，心无尘，风何耐

想，案上云烟袅袅

想，年年岁岁平安

想，新年无新愁可添，有新词可赋

想，"草草杯盘供笑语，昏昏灯火话平生"

苔　藓

令人惊奇

里面，一定是个壁垒森严的国度

底下的岩石，粗糙坚硬，如同时光古老

却温柔回应，苔藓之所求

任种子，任旷野诗意

在石缝间折返、堆叠、释放信息

仿佛笔墨付诸文字

铜钱草

佛系
随遇而安
院子、书房、窗台上
以一棵草的姿态，旁观
不作不矫，不悲不喜，不嗔不怒
保持一贯的缄默

好养
水土两栖
绿意蔓延，美色无边
一壶茶，两知己，三更天
竖耳倾听，手指翻书的声音
思想沉香，虚无缥缈的身影
沾染文人清高孤僻的习气

两只麻雀
在窗外交头接耳，叽叽喳喳
一盆铜钱草，在粗陶中
云淡风轻

酢浆草

花盆里没有花，但有酢浆草

它们卑微而纤弱，匍匐着生长

它们聪明而智慧，见机求生存

它们用叶子的形状

捧出一颗颗绿色的心，它们不慌不忙

在不待见的荒芜里，孕育烂漫的春天

它们简单又倔强，直面草木人间的疾苦

它们成群结队，大地之上，有泥土的地方

就有它们，手拉手团结互助的身影

它们没有图谋，只是努力活着而已

请你手下留情，不要斩草除根

你给它们一片立足之地

它们来年给你送来一份春天的绿意

抄　表

定子电流 750

转子电流 350

母线电压 10

转子电压 70

周波刚刚好 50

主变高压侧

A 相 B 相 C 相，分别是 60、65、65

有功 12.9，无功 1.5

我知道，"无功"并非"无用"

但我不知道，"有功""无功"为何差距那么大

我眯着有点老花的眼睛

盯着屏幕数 1，2，3，4，5……

从电流到电压，从转子到定子，从无功到有功

抄着抄着

我心里的刻度，也倾斜了一下

顶　峰

开机

停机

开停一台，两台

两台，一台

反反复复

用电高峰

我们在价值顶峰

停　机

降无功，减有功

分开发电机开关，将磁场彻底降为零

切除调节器，分灭磁开关

发停机令

转速降低，制动投入，风闸复归

供水停止，能源切断，模拟图板更改

操作票落盖"已执行"

几秒钟的时间，一台轰隆隆的机器

被人为执行，哑语、止息

不管你有功，还是无功

时　间

从水那边

滴嗒滴嗒走过来

开始，它还是蛮大方的

从天光，到黄昏

那时候的我，有足够的时间，呼朋唤友玩到疯

等我长大了，跟它混熟了

知道什么叫"时间"的时候

它就跑得飞快

而且，对我越来越小气了

修　庙

庙破了

庙里的神像也旧了

村里准备集善款修复

我说，我也要出一份子

虽然我早已嫁出去

我的灵魂，还留在家乡的泥巴地里

朝　圣

我的内心

有一座庙宇

我是虔诚的朝圣者

我用清泪朝圣

我用卑微朝圣

我用自知自觉的沉默朝圣

黑夜里，我在心底悄悄拨动念珠

我发现，我的灵魂咫尺

她正盈盈伏下身去

仿佛也在朝圣

一只手与声音的较量

一只手

从背后绕过来

捂住，我的嘴巴

声音节节后退

一直退到，喉咙的深渊里

深渊幽暗，我看见有一盏灯

在挣扎，在闪烁，弯曲、伏倒、挺直

最终，又重新挺直了身子

辑 四

巨大的寂静

独自书写，或高声或低吟
倘若字词的窘困、清醒或混沌
表达不出森林的葱郁
那就说说一棵小草的坚强
表达不出大海的辽阔
那就讲讲一滴水珠的洁净
有限的词语，填不满期许之地的沟壑
但我依然坚信
伶仃小草，也能活出山野真气
涓涓细语，亦可从容行走于页纸边缘

百丈漈半日

与起源有关，从美丽的天顶湖起航。绕开暗礁、岩石、水草，目标明朗。迂回、隐忍、周旋、冲刺，与宽厚温良彻夜长谈。

它时而折叠，时而舒展，从海拔800余米的高空一跃而下。浮华被搁浅，风尘洗尽，只剩一潭干干净净。眸子闪亮。

一片青苔攀附在树木上、岩石上，隐隐约约，蔓延，蔓延，努力向上。一朵花在悬崖前绽放，接纳一滴水的滋养。一架白色的竖琴站立在天地间，清音激越，婉转柔长。

一漈二漈三漈，它们站成排比的姿势，气势非凡。加上比喻、拟人、夸张，修辞方法妥当，雄伟、奇丽、幽邃，词语从200多米的高空排列俯冲，山野丛林震撼。

看见没有？一波三折！一个关于水的故事，意境曲幽，情节跌宕，每一折都拐得这么漂亮。

仰视。仰视。

不是它高站在岩石上，而是它端正在身旁。

刘基故里

也是我的故里。我在这里待了足足三年。

第一年，大雪纷飞，我从冰冻三尺的地底下打捞一桶澄清，打捞坚韧不移。一只锈迹斑斑的铁桶，牵着脏兮兮的绳子，扔下、旋转、倾注、提起，刘基的乡人很熟稔，而我，常常站在井边不知所措。

第二年，风和日丽，每天，我经过诚意伯庙，走向古木苍苍的擎天亭。从东往西，挨着它的屋檐底下经过，我总要偷窥一下里面的场景。我看到《郁离子》孤独的背影，我看到《诚意伯文集》，在案头上摆放得端端正正，我看到安宁与自由无力相处的艰辛。幸好，还有一程山水的清秀，伴你逾越峰顶。

第三年，辞岭亭，辞别吧！多少次了！那些场景，那些面孔，随着时间，都会渐渐淡出视线。那么，酒也免了，茶也免了，那些握别知心的话儿，也都免了吧。把剩下来的时间，拿去做一件事，裱一幅字画：金玉其外，败絮其中。挂上堂间。

铜铃山

一湾深潭，镶嵌在悬崖峭壁上，清澈透亮，映照着藤蔓、野草、岁月、蛮荒。瀑布声像是水轮发电机发出的轰鸣声响，点燃人间璀璨。我踮着脚，望了又望。

鱼虾悠然，低吟浅唱。山花烂漫，对镜梳妆。墨鱼潭、藏酒潭，墨绿发亮，散发出仙酿陈香。走入孝竹林，像诗人一样，盘腿端坐，与铁拐李、小龙女对饮成三。

树参、红楠、甜槠会意，发出朗朗笑声，满山合欢。

春天，从石缝、悬崖、眉眼、心尖，倾倒而出。叶子是茶杯，花朵是茶荷，卷一片云当白陶茶壶，邀那朵莲奏一曲清音。深潭、奇岩、秀滩，猴子、山雀、白鳍豚，席地而坐，一场盛大的诗歌宴会即将开场。

我写不出诗歌。我偷偷离场。屋前那一朵桃花，一定看到了我的东张西望。一滴雨水，不小心从天空砸落，惊醒了连心潭的忧伤，一个废弃小水电站的故事，在潭深处萌芽成长。

岭南茶场

我去听一场伯温讲座，看一眼德里克·沃尔科特的《白鹭》，错过了岭南茶场。

程一身教授只讲消失与返回，只讲白鹭的灵魂，只说：这儿请坐，请吃。没有讲茶场。

于是，我跑到朋友圈观望。

嫩芽，成片成片，爬满山坡。掐着腰，摆开一朵茶的姿势，在包山底的山顶上巧笑嫣然。十里春风浩荡。

一壶水，热情滚烫，冲去浮尘，只让绿叶舒展。碧玉瓯中波澜，茶烟弥漫，青山黛水间孕育文成意象。

茶园深处，茶娘们裙袂飞扬，手指温润。一朵嫩芽的苦涩，一个词语的站向，都被摆放平仄，只为了向知音们捧上一杯岭南茶香。它们，早已忘掉了一周前的倒春寒。

风，从四面八方，哗啦啦地奏响。你看，它们又在窃窃私语。

语焉不详？

不，它们一直在讲同一件事，讲《白鹭》，讲"一直用心记着你的陌生人"，讲人走茶不凉。

铜铃山水（组章）

一

深潭静默，浅流潺潺。

铜铃山水，从洞宫山脉峡谷之巅轻盈走来，明眸皓齿，巧笑倩然。

纯净，是她的名字。

二

山风温和，低语呢喃，说山水的清澈耿直，说幽潭的淡泊平静，说暮春的落花流水，说万物的轮回流转。

老叶簌簌飘落，道着永别；新叶粉颈细腰，在枝头弄舞翩跹。新生命从落叶苔藓间拱出细小的身子，探寻人间清明。

红豆杉、杜仲、金钱松、鹅掌楸、花榈木……它们根须相连，站在峡谷、深涧、密林间，恪守肩负道义的诺言。

黄腹角雉、短尾猴、穿山甲、娃娃鱼、白鹇、黄嘴白鹭……它们是铜铃山水的主人，它们和谐相处，秩序井然。

三

铜铃山水独辟蹊径，自成壶穴幽潭。

她行走一程，就停伫小憩一会儿，那千年壶穴，是谦卑，是思考，是总结，是生命的长度与深度，没有休止的自净，填补着大山的沟壑欲望。

她囤积风雨，囤积孤独，囤积力量，面壁而立，抵挡尘世的诱惑。她日夜修炼，细细打磨，一把壶的讲究，一滴水的辽阔。她用一湾浅浅的笑意，洗涤你内心的喧嚣，缓解你跋山涉水的疲劳，沉淀你半生的痴迷浑浊。

临渊照影，游鱼细石清晰可观，湍流雷鸣震耳可闻，谜一样的华夏壶穴奇观，在铜铃山水里，端的是明明白白，坦坦荡荡。

四

铜铃寨遗存的黑瓦、泥陶隐含昔日的刀光剑影，那是元末农民起义军毫不含糊的故事片段，"藏金洞"藏放珠宝，也珍藏历史，在山水里隐隐发光。

畲族姑娘跳起灵巧的竹竿舞，草地上禾本植物开起了各色的小花，昆虫扑扇着翅膀，忙着"拈花惹粉"，山雀站上红豆杉的最顶端，左顾右盼，蝴蝶成群结伴，时而在树荫下交头接耳，时而在溪涧边埋头啜饮，小瑶池碧波清漾。

这里山风清秀，溪鱼清秀，树木清秀，连滩上沙石瓦砾都是清秀的，在纷纷扰扰尘世里，保持清风明月，是何等的洞明、智慧。

微冷的潭水里，游鱼们是不是"一直都在暗暗设想"，天堂，应该就是铜铃山水的模样？

五

废弃的老高岭头水电站依然兀立在山谷，那是用第一缕灯火写就的电力史简书。我的父亲曾经在这里煎茶品饮，俯仰天地，那一壶铜岭山水，泛着一位老水电工人的纯净执念。

瀑潭激流旋冲而下，坐在门口石阶上，你能听到震心慑魂的声响，那声响，仿佛是老父亲当年一次又一次的召唤——

他说，回来吧，山水没有谎言，只有真相，真相就是青天白日下云的自由、水的洁净、草木的自若泰然。

伫立。沉思。

你说，还有多少声音值得我们停下脚步，竖耳倾听？

夕阳挂上山脊，余晖涂满了山腹，转眼之间，热气腾腾的山谷骤然空冷，而我的内心，却满满当当。

铜铃山水是从来都不会空的。

武阳荷花

低眉顺眼，不招惹，不张扬。

百亩池塘，千姿百态，每一态都显正直端正。

荷叶硕大如伞，护着荷花暮岁的宁静，从辉煌至孤独。

蛙鸣之音，仿佛一只无形的手，从荷池深处伸探出来，拨散着不染尘埃的清香。

找一个借口，赴约武阳，在它前面坐下来，我愿意让一缕香，穿透胸腔。

七月残荷并不颓废，它们执着坚强，饱含尊严，自成场景。那一根根枯瘦手臂，从淤泥中高高擎起荷朵，仿佛擎起一个天堂。这是武阳之荷对洁净最准确最完美的叙述。

池塘内外，生命各自安好，阳光雨水雀跃，光影陆离斑驳，一尘不染。

那是光的折射，也是一朵荷的折射。

刘基庙前那株枯死的古树

岁月已经掏空了这株千年古树。

在其他树木绿荫如盖的时候，光秃秃的它，已无法与烈日抗衡。

但它干枯的骨头依旧高耸云天，残骸根茎依然深埋大地。

它的身上，交叉生长着其他的藤蔓草木，重重叠叠，前呼后拥，这些草木使它再度蓬勃茂盛。

春夏秋冬，日月更替，它用不倒的骨架承载着生命的本相：一半是生，一半是死；一半在土里，一半在风中；一半是鸟鸣，一半是苔藓；一半是留白，一半是想象。

长风轻吟，日月沉醉，古树迎风而立，仙风道骨，仿佛灵魂的歌者。

我仰望，我挣扎，我从内心走出来，走向海阔云天，走向安身立命。我要变成一株草、一片苔藓，或者一只小蚂蚁也可以，这样，我才可以和它面对面，聊聊天气，聊聊人生，聊聊一棵树的死活尊卑。

它说，岁月掏空的是它的肉体，掏不空它的灵魂。

它死了，但它还活着。

云表门

只有一条古道，通向这里。

只有一条古道，离开这里。

只有一条古道，归隐田园，远离欲望。

只有一条古道，出山入世，通向桃源。

历史呈倾斜 45 度走来，45 度之外，是黑暗与瑕疵。这是摄影的美学，也是历史的美学？

风云停住，温度停住，时光里的尘埃也停住了，它们一层一层覆盖遮掩。但时光是停不住的。粗砺的岩石早已被先人的足迹打磨包浆，它们从厚厚的黑暗里穿透出来，隐隐发着光。

一块石头一块石头的累加，一抔黄土一抔黄土的接应，反反复复，变成一种辽阔、一种力量，凝成一股郁郁之风，从历史深处刮来。

残垣断壁是你，金碧辉煌也是你。

苍苍古道，莽莽山峦，那是行者的苦思冥想。屏住呼吸，你听，那隐隐传来的脚步声和心跳声，是谁？是历史，还是历史深处的传说？

山影绰约，云封雾锁，立门云表千秋。这样，山的高度是透明的，井里的泉水是透明的，甚至肚子里那块铅一般的石头，也是透明的。

双手卷成喇叭，"喂……"轻轻呼喊，山谷里保准一呼百应。

卖莲蓬的女人

黑，真黑。

匍匐在地上，那是可以消融进大地的颜色。

她站立在武阳书院门口，手捧莲蓬。

她的眼神忧郁、闪躲，但却清澈，穿透黑色，发出光来。

她背靠书院，我想给她拍张照片，她很快转身，换了一个角度，她说，这样拍比较好看——现在她身后有一片荷池，荷花连绵起伏，开得正盛，发着幽香。

云朵温柔，天空纯净，她手捧人间烟火，眼里满含期待、憧憬，笑容干净。

我想，柬埔寨的天空，一定也是这样的。

她说，中国比柬埔寨好，柬埔寨的日子太苦了，是"别人"把她带到中国来的。我不知道"别人"指谁。

她说，她姓潘，名字叫"潘思念"，从电视里学的，盼望思念家乡的意思。

她说，她每天都在这里卖莲蓬，孩子在上学，可以补贴家用。

她的中国话讲得还不太好，生硬羞涩，却一字一句清晰有力。

一捧莲蓬，滋养一颗苦心。

十亩荷塘，一池荷花，她们在淤泥中挺拔俏立，是荷的日常？还是异常？

微风拂过，我听到莲池深处一声叹息。

楠溪山水，一种精神的海拔

一、楠溪江畔邂逅雨

一场雨，是一首诗的试探。

山雨欲来风满楼。雨酝酿了良久，风思考了良久，然后，噼里啪啦，像灵感到来一样从山尖从云端翻滚而下。

雨声哗哗哗，笔端刷刷刷。山宁静水优雅，它们已经习惯于这种惊慌惊叫惊讶，奔跑的步履惊扰不了它们，甚至那几朵手拧长发甩飞的水花。偶有几张面孔潮湿嘴唇紧闭的花骨朵，从山涧中探出湿漉漉的脑袋张望一下，并不说话。我想象不及。

雨停，风止，山水又自顾清雅。

二、楠溪江水之深浅

楠溪水幽深又清浅。它之美之矛盾，之互补之共谋，独一无二，源于它内部其他的生命。

竹筏在水面上行走，筏工在竹筏上歌唱。姑娘是江中水母的化身，身穿火红的衣服，任性地甩着呼啦圈，那一抹水上的轻盈与虚幻，可正是楠溪永昆人舞台上甩出的水袖？

捕鱼人动作娴熟地从鸬鹚嘴里掏出鱼，鸬鹚们排好队列，仰望它们的船长，那目光里有卑微也有景仰，有思索也有欲望，它们是不是在想——为了活着，人与它们，如何在一条船上和谐登场？

赤脚踩在竹筏上，溪水从十根脚趾缝隙间涌动，游鱼在竹筏边追逐嬉戏，花蝴蝶扭着细腰肢，它们翩翩跹跹，一路相伴。

我的目光长时间停留在一种物体上。那些鹅卵石寂静无声，坚硬又柔软，有的沉浸在水底，有的在岸上，它们用目光，记下一批又一批不同身份、怀着不同目的的游人。它们的文字简单，它们的心思朴素，它们的思想在水底里扑闪着光。

楠溪江充满生命的律动，拥有善良的力量。它每天以不同的姿态翻阅耕读人家的文章，放眼丈量，丈量竹篙的长度与水的深度，丈量诗书与礼仪的长短。袅袅身姿，占尽水中风流。它深邃的目光里一定包含和隐藏着什么。

坐在竹筏中，清凉的溪水一遍一遍洗涤了我心中的欲望，又让我长出另一个欲望——想写一首诗，关乎人之初、性之善，关乎耕之苦、读之乐，关乎思想的光芒，把它放在翠如玛瑙绿玉髓的山中，也能熠熠生辉。

三、楠溪江畔云的语言

白云乖巧温暖，却不暖昧。

它们在峰尖上，在坡的正面侧面反面，它们在峰腰峰底，从江里水里千丝万缕地渗透开来。它们离我很近，它们又离我很远。

它们漫过我的周身，我的灵魂也泛着如梦如幻的白光。我甚至分辨不出云和雾，我分辨不出它们的年龄性别和真实形态。没有答案，它们只是一些影子，浩如烟海的语言。

是的，影子，到处都是它们的影子。影子是它们全部的语言。

那山，那水，那人，那些绿色的濡染、山歌的对唱、筏工的呐喊，甚至一片叶的凋零、一场雨的奔跑，都能让你在影子里看到自己的模样，在无声的语言里了然于澄澈的思想。

它们是白色的火焰，点亮我灵魂深处未被照亮的黑暗。

它们是白色的海绵，吸汲着我瞬间涌流的记忆的潮水——

记忆中还有一个花坦，与未谋面的那位花坦姑娘。它们带来我的忧伤，泪腺在膨胀。我不能泄露，这是我们十二位老友的共同秘密，如同关系紧密的楠溪十二峰。

我把记忆往白云的深处推了推——

既然汲出我的记忆，那么就让你来收藏吧！收藏在干净的永嘉山水间，收藏在高高的石桅岩中潜修默隐。

四、楠溪江畔岩的隐喻

楠溪江的岩石懂得大片留白。

上面既有生的一部分，也有死的一部分，它们生死相依，患难与共。但这"死"，是粗相、表象、假象。岩石深深的罅隙里，依然被生命填满。各种藻类真菌，繁茂而昌盛，构建出一个理想的生态圈。

它们朝着雨水朝着阳光，弓起身子，欢腾雀跃，散发出光，散发出色彩，散发出生命蓬勃的力量。

我卸下身上笨重的饰品，将心轻轻地贴在楠溪江的山水岩石上。

岩石静谧，但我分明听到了虫鸟喧闹、草木欢舞，听到了苔藓世界辽阔而深邃的对话，听到了生命的脉动与奔涌，听到骨头在血液里的伸缩舒展。我噤声不语，我的寂静，让各种声响都变得格外生动。

我习惯于这种岩石般的沉默，我体会到一种熟悉的回归，我是山里人，与大自然的思想情感交流没有任何的障碍。我用我的方式参与永嘉的山水之中，这声音，这光线，这色彩，便也丝丝缕缕嵌入我的身体内部。

绿意，从楠溪江的岩石缝隙中慢慢往上爬，从楠溪江水的两岸慢慢往上爬，也从我内心深处往外蔓延。什么样的山水可温婉一世？

你看，永嘉。

五、楠溪山水，一种精神的海拔

掏空，再掏空，掏到只剩空，空到能把这些美好都装上带走。

"朴素而天下莫能与之争美。"好一个山水隐逸、乡情疏朗的朴素之美！

我盯着它看，溪水之波依然平静，祠堂之柱依然光泽，脚踩之石依然坚硬，耕读之传承依然朴实。

我看到溪鱼飞跃，想入水又想离岸，荻芦摇曳，水鸭成群，儿童嬉戏，羲之研墨泼墨，灵运裹粮策杖……

三百里的渔樵耕读，魏晋时光，世界地质公园，中国山水诗的摇篮。

透过一滴水、一朵云、一块岩石，打开一扇小窗口，凝视一个小村庄，便窥见自己内心的整个世界。放下杂念，张开怀抱，我想努力去接纳，这种山水隐喻给予的丰富礼物。

黑白飞檐挑起我归隐的欲望。我推倒内心厚重的钢筋水泥城墙，我的梦境从心里飞出，像溪鱼在水里飞跃。

这种美，这种对美的向往与欲望，我既无法抒情，又无力白描。我的语言在我的思想中孤立，表现得浅拙惭愧又慌张，我想动用各种名词，使用各种修辞方法，但它们绕着圈儿或者干巴巴，迷失漫游甚至径自跑开，让我无法表达。如果可能，我想像马可·波罗一样，使用物件和首饰，使用深情和目光，打着手势告诉你，楠溪江，多么纯真多么美！

"'山间'一壶酒，独酌无相亲"？

不，不，不，山水桃源，耕读人家"往来无白丁"，日日"高朋满座"，它们是清风明月竹林，它们是砚台笔墨远方。孤独是没有的事。耕为读之本，水为山之依，人与自然，构建出理想和谐其乐融融的生活家园。

楠溪江悠闲富足，人寿年丰，这是耕读文化的传承、顺天知命的谨慎。

我在永嘉山水间停留了一日，永嘉把我带到了更远的地方。

遇上雨遇上云遇上人，遇上远方和诗，仿佛已经遇见了一个世纪。这些遇见，让心底间那些无法发芽的隐私，突然间淡然无痕。

神仙居

皤滩小镇

小镇安静，静得仿佛不食人间烟火。

时光凝固，草木味浓郁。传统、习俗、风物、记忆，沿着窄窄的石径，向着反方向延伸。

大小宗祠，唐宋明清时期的院子，只剩一个陈旧的空壳，幽暗僻静，难隐颓废的气息。倒是梁柱门楣上那些残缺的雕刻，依旧在尘灰中昂首挺立，托起当年手艺人镌刻的深情厚谊。

鹅卵石铺砌的路面，两边石板柜台整齐林立，依稀可见当年的繁华。商铺已破旧，而一个个石板柜台看起来毫发无损，它们临街而立，抵挡着天灾人祸的轮番上演。

特别是当铺前的那一块，几乎淹没我的身高。当我踮起脚尖探身向前时，我的精神高位轰然倒塌，贫穷，慌不择路。

巷子冷清，路上未见儿童嬉戏，未见壮年往来。几位疲惫的老人，倚着破旧的门庭，经营着自家的土特产，他们朴拙谦卑，不吆喝，不邀客，仿佛万物归位，走回内心。

小镇四野农事瓜果，红橙黄绿，杂乱无章，亦未见精耕细作。

相比于其他古镇的整齐之美，皤滩略显荒凉粗野。但这粗野里却有一份不装的灵魂，原始的美学，特立独行的抒情方式。

只是，这个不撒谎、不整容的千年小镇，能否抵挡住往后风霜雨雪的侵凌？

春花院

商铺关闭，码头不见，客栈生意冷落，戏台人去楼空，倒是“春花院”节目生意红火。

“哎哟，老爷，什么风把您给吹来啦，您可是好久没来我们这儿了，快快快，这边请……”

“哟，老爷，我们这里人人平等，只要您带够银子……”

扮演老鸨的妇人浓妆艳抹，搔首弄姿，声音被拉得花枝招展。故事在舞台上一改再改。

“啾，银子自然是带了的。”游客一秒入戏，他假装从袖筒里摸出一块银圆，拉起美人的小手就要闯入洞房。围观者哄然大笑。

这戏外之人，骨子里似乎就有戏子的天分，虽然带有一丝腼腆，却客串得有模有样有趣。倒是那位扮演的“青楼姑娘”，僵僵木木的，一点儿也不入戏。

这个节目，为小镇添色不少。男游客情绪高涨，轮流客串，院子里，洞房外人声鼎沸，男男女女，老老少少，笑声轻薄哗然。

后院昏暗。苏小小、李师师、陈圆圆、柳如是、薛涛……一位位美人，挂在墙上，在黑暗里发出一束束挣扎的光。

趁无人注意，我偷偷地翻了翻墙上的美人牌。我想走进岁月深处，听一听世间绝色美人的歌舞弹唱，看一看她们如何挥毫泼墨吟诗作画。不知是翻牌的游人多了，还是历史遗留的痕迹，木牌已有岁月的包浆，松手后，叩击黑色的墙板，发出闷闷的声响——到底是不可招摇之事。

只是，这不可招摇之事，却变成了一场红红火火的游戏，在这个破败而幽暗的院落里，一演再演。波光潋滟的俗世，才情横溢的女子，孤月流霜的薄寒，在虚拟的世界里荡漾，泛起青楼尘烟。

春花院，色赛春花。

生时，她们是风月场上的大小姐，一个眼神便能呼来一阵风雨。

死后，她们成了真正的大家闺秀，挂在墙上，大门不出，二门不迈。

针刺无骨花灯

花灯无骨，轻灵曼妙，却身怀绝活。

灯火，从千千万万的针孔里穿透出来，那千千万万的孔，是用千千万万的针，一针一针扎刺出来的，那光，便是掏心掏肺的了。

那千千万万的光粒子，在火中淬炼、汹涌、喷吐，像勇士一样从黑暗里穿透而出，英勇无畏。在窗外檐下廊下，在宗祠学府庙堂里，以光的速度，磅礴运行。

玻璃房略显狭小，摆放有着"中华第一灯"之称的国家非物质文化遗产，便显得局促清冷孤独，它们倚着玻璃的冷反射，自己给自己制造内在的生命图景——一生二，二生三，三生万物，生生不息。

灯可以无骨。其生命气息暗涌，潜在的语言，恍若光辉照耀，升腾在天。

而人若无骨，将会匍匐在地，被万物践踏，失去尊严。

《菌谱》

《菌谱》说菌，《人谱》说人。

谱从言，族谱、家谱、年谱、食谱、棋谱、画谱、简谱、五线谱，各种谱，都要"言之有谱"，千万不可离谱。

据说，内心阴暗的，都喜欢给自己穿上华丽的外衣，比如狼外婆，比如"贴标签"，这叫不靠谱。

仙居山高岭峻，沟谷幽深。我们攀爬时，遇见一株不知名的野菌，栖附在山顶的岩缝里，只用一点点的根系，吸取土壤腐木之自然精华。那蓬蓬勃勃的瑰丽之色，令人惊诧，仿佛是这《菌谱》最生动的注脚。

菌有芝味，气苤则壮。

仙居本是神仙地，遇见该"君"，菌格脱俗超尘，颇具仙风道骨，也就不足为奇。魔高一尺，道高一丈。是鬼是仙，这自然造化之神功，凭人类之力，不知道望尘可及否。

此物赤红明艳，剧毒。剧毒诶！

普陀梵音

一座海山，便是一部佛典。

沐浴，更衣，净手。点燃沉香，捧读经卷，捧读礼佛圣地的旖旎风光，捧读无边际的蔚蓝色的思想。

海山烟波，晨钟暮鼓，梵音浸润，佛语轻扬。舟楫枕着浅滩酣眠，分不清波声鼾声，仿佛是海的深渊里传来的螺号的呜咽。

海面波光粼粼，那是深海思想者的光芒，浮尘遁尽，只剩人间清净。

岛上文物古迹遍布，大小寺庙巍峨壮观。山石林木，鸟语花香。在这里，人间悲欢离合，千劫万难，经净水瓶柳条轻拂，恍如轻烟，似有若无。

观音脚下，开阔悠远，净土庄严。那一颗颗为佛而来拥挤躁动的心，此刻，像是潮水，缓缓退去。心底经诵不绝，我与执念，仅隔着一尊慈祥与威严。

石径盘旋，峰回路转。走着走着，我便在山里迷路。难道，一切皆为虚幻？

师石屹立，在咸涩冰冷的海水中完成心灵的苦度，亘古不变。

回头，是岸，是洛迦山灯塔发出的光芒。

清明寄思

一

清明，是一个庞大的概念。

岁月的尽头，驿站，古井，滚烫的酒，清凉的泪。杨柳依旧站在岸边翘首顾盼，小桥依然被水淹没，你那个写着"为人民服务"的搪瓷杯，被我不小心弄丢了，我买了一个外形一模一样的缩小版，时不时用来温点黄酒。

日子寻常，因为清明，我又把你惊扰。

我想告诉你，门前那条溪流还在，只是有些臃肿。山后那片竹林还在，更加葱翠。当然，祠堂也还在，只是焚香祭拜的人不太一样了。那些与你相关和不相关的人呀，有很多不见了，你应该知道的吧。

而你不知道的是，虽然人间烟火沧桑，但你从未苍老。

二

上山的小径又被山野万物占满了。但我觉得很有生趣和生机。

芒萁越来越茂盛，杜鹃越来越多且茁壮，墓地前那棵梧桐，几年前扫墓时，堂哥说，把它砍了吧。我说不。我知道你最喜欢花，你讨厌这些俗世的讲究。

你的墓地没有块石水泥勾缝的精致堂皇，只有花草树木的素净清明，放眼河流山脉，背靠村舍庄稼，这个地方是你自己选的，这是你的爱啊。

我知道，不管在人间还是天堂，你的喜好是不变的。

你是这块天然大花园最称职的主人。

三

有一种清明，是最初的纯净。

是出生时的第一声啼哭，是离世时的最后一句交代，是平常日子里的牵肠挂肚。

我对清明，总是充满期望。

梦想每一粒种子都能在春风里安顿，每一朵落花都能被甘霖眷顾。梦想黑暗只是夜晚的睡眠，桎梏铁链是蜘蛛织就的柔软银线，装扮檐下的风铃。

我坚信，清明一定会到来。

那些悲伤或幸福，那些迂回或曲折，那些被遗忘或思念的人，只要风骨铿锵，内心澄明，就顺其自然吧！

萌芽，含苞，绽放，凋零，青草覆盖大地，干净利落，何其清明。

清明，是一种象征。

人间草木

苦　笋

野生。于崇山峻岭间。

黄斑纹外衣，嫩绿竹尖，肤色白皙，亭亭玉立。一场春雨，手拉手含笑山间，满山坡清香溢。

不是珍品。味极苦。

孤傲、清高、离群，蜜蜂不喜，蝴蝶不歇，侯门厌烹，笋中蔬食无品。

尽管，竹节凌云。

据说，沸水烹煮，清水漂洗，可苦尽甘来。抗病，抗癌，抗痴呆。

大青叶

味苦，性寒，归肝。

不居山谷清凉，背对阴暗，扎根山冈，向阳。为了脑热耳聋、肺炎高喘，甚至风疹发斑，放下身段，穿梭于大小病房。捣烂绞汁，纵粉身碎骨。令百病不安！

移一株，植入书房。

再移一株，植入心房。

开窗通风，清水浇灌。每日摘两片。

外用，捣敷。内服，煎汤。

以防尖酸刻薄，口腔溃疡。

提醒：脾胃虚寒、抵抗力弱者忌。

鱼腥草

缩茎弯腰，匍匐扭曲行走，于水泽低洼处，臭味远扬。

甲乙掩鼻，丙丁侧目。越王捧为座上宾，果腹疗伤。

身处逆境，性情温暖，抗旱，抗涝，抗菌，不畏冷眼寒光。茂盛、铺张，沿着一脉腥味，生生不息，自我茁壮。

可凉拌，可热炒，可晾晒，可雪藏。任你摆弄折腾，清热抗毒，消肿疗疮，坚持立场。

肤色棕黄，体态纵横，品行端正，性情淡然。

非处方药。无禁忌。

只要，未病入膏肓！

犁头草

五六厘长，二三厘宽，边缘齿状，苦涩泛着青黄，仿佛一把陈旧钥匙，开启岁月这间大院。

从三月到十月，从西北往东南，从"大跃进"到大饥荒。匍匐在贫贱的黑土地上，坚守岁月的严寒，坚守活着的信仰。

紫金锁、烙铁草、羊蹄甲、犁铧尖、紫地丁……不同的地方，不同的称呼，每一种称呼，都带着草根的希望，都叫得铿锵响亮。

林缘溪谷、贫瘠蛮荒……不择土壤，无论贫富，一朵朵，一簇簇，从根须、叶子到花朵，滋养信念，滋养面黄肌瘦，滋养一个时期饥肠辘辘的辛酸。

苦，辛，寒。

刨刨刨，刨遍每个角落。

那朵紫色，被她（他）狠狠地塞进嘴里，那是幸福的忧伤。

苦　菜

又名苦苣菜。菊科草本植物。

田埂下、阴沟边、山坡上，郁郁葱葱，天真无邪。五六片叶子，托起两三朵金色年华。

春天，被一株植物填满。

于是，我想起了童年的《苦菜花》；想起早春路口，提着竹篮，与一朵苦涩，坐在山坡上打盹的时光；想起那件粗布衣，被阳光打上补丁，皱纹折叠得温暖。

一篮子苦菜，倒入沸水，洗礼，淬炼。比如一本线装书，翻来覆去，在贫瘠的土壤里，搜寻一个嫩绿的词语，摸索一朵花儿的期盼。

真的，我没有虚构。

它们，是我身体里微量元素的来源，让我有挺直腰杆的力量。

但，春天常常被虚构填满。

深海呓语

一

蓝，无边际的蓝。

海语汩汩，步韵微澜。那些重叠交错的褶皱，是不是她的忧伤？

巨舶远航，渔舟拍岸。渔民正在沙滩上赤膊解缆，他们黝黑强壮，古铜色的肌肤闪着海的幽蓝。

我如期而至，面向深不可测的汪洋。

二

爱的乌托邦。

天空被大海擦亮。

湿润的风，伸出柔柔的舌尖吻向我，美好带点咸腥味。

卸去多余的衣物，敞开心扉，我用赤裸的真实拥抱海岸绵长的细腻，试探走进她无边的蔚蓝色的思想。

大海轻吟，那是思想者的力量，是丰富饱满的精神果实，充盈船舱。

三

切换一个角度。

潜入你的幽深，填补我的浅白。

思念薄薄的，是我内心隐匿的一张腹稿。绝不说出口。

词语俯身，恭听我的排遣。一朵蔚蓝色的花，在海上干净地盛放。

记忆翩跹。那彼岸的灯火啊，哪一盏，是我的夜晚？

四

潮退，我进。

海走向远方，我跌进大海的胸膛。

大海是渔民的信仰。我站在祠堂中间，双手合十，看渔民对海百般呵护。

沙子干了又湿的痕迹、贝壳爬过的痕迹、风吹过的痕迹、脚留下的痕迹，纵横捭阖。彼岸灯火迷离璀璨，沙滩上的歌声声嘶力竭，似乎隐藏着某些忐忑不安的真相。

只是，浪潮过后，沙滩上什么都没留下。

五

要到哪里去呢？我又不会游泳。

我被浪潮一次又一次搁浅在岸上。那么勇敢。

我的爱，从水边出发，穿过夜晚和黎明，穿过浅白的沙滩、黄昏的断崖、虚无弥漫的天空……

我无法停下来，这些仅剩的美好。

六

我，来自远方。我，想亲近远方。

我想从沙里水里捞出一些彩色的贝壳、新鲜的词语，装扮失色已久的日子。

贝壳温和。词语，泛着咸涩的冷冷的光。

那些令人心碎的蓝，被夜含在嘴里，仿佛有冰雪融化的清寒。

叮咚，叮咚……念想洞穿。

七

无处不在的狂欢。

鱼在海里，贝在滩上。

落日滴着潮露，风撩拨着咸腥的空气。沙滩啤酒音乐，和躁动不安。

你有没有去？有音乐和烧烤。

没有。我不属于狂欢。

我自带茶具，自带寂静，自带冷月的清晖。

八

一厢情愿。

我想？我想。

海水撩拨我的脚心，打湿我的裙衫。

微波不语，深海静流。

我把大海装进心房，偷偷地，装得充沛丰盛盈满。

沙迹顺水。

水迹顺风。

我顺精神的指向。

该为春天赋首诗

春天没有处女作，我的诗，是处女作。

清茶淡淡，阳光暖暖。我们围坐在小木桌旁，架起日子的篱笆，把太阳，从东边晒到西边。

妈妈端上热气腾腾的芋头，孩子们捧上香香喷喷的饺子。饺子包得不怎么美，美的是馅里头浓浓的亲情。

大红灯笼，从这头挂到那头；喜庆的红包，从你的手里，辗转到她的手里；浓浓的年味，从东家串到西家。

屋子里头，在过年；院子那头，亦是年。

海棠努力为自己揭开红盖头，羞答答想要嫁为春之妇；君子兰亭亭玉立在厅堂；紫丁香早已为她备好美丽的糖果；百合花已挂上百年好合的对联；桃花、梨花、山茶、杜鹃相继吐纳柴米油盐的温馨……

风信子热情地催着我说话。我说，亲爱的，请捎上我远方的话语，爱，一直驻在我心底，好好的，好好的。

这个春天，康乃馨没有涨价，涨价的只有玫瑰。

我的诗，种不出玫瑰，只适合康乃馨成长。

桂花香

有多少个传说与你有关？

你从月亮中走下来，却并没有成为传说中清冷高贵的样子。

屋前屋后，村头村尾，大街小巷，公园的角角落落，到处都能看到你，伸枝蔓节风尘仆仆的样子。

你用你的桂花香，擦拭着四季的头尾、天空的乌云、人世的尘埃、人心的疾病……

季节早已不分明了，你的香却依旧分明着，远远便能分辨，远远给人以拥抱。

风带着你缓缓而行，风带着你踽踽而行，风带着你疾疾而行，风带着你厉厉而行。

你像尘世间游动沉浮的灵羽，所过之处，鸟鸣清脆，溪流清澈，人心安暖。

而那些乌烟瘴气、顽疾黑暗依然躲在黑暗里，比起带香的灵魂，这些算什么？

任它们固执卑微去吧！

今日大暑

腐草集结，化身为萤。

我站在辽阔的黑暗里，端详着六月的大地，端详着幽微之物拱动的天际。

虫声啾啾，蝉声切切，它们温和、朴实、谦卑，它们清晰、准确、有力。

那是来自大地的声音，带着泥土的腥湿味，却仿佛神的偈语，让我激灵。

一星微光，从腐朽里集聚，在暗夜里出发，那是独立的姿态、辽阔的情怀。

十万顷爱，怀揣泥土启程，冲破封锁，一路奔腾。

哦，我被钉住双脚，我泪流满面。

那些向上的执念、温和从容的表情，它们居然与我，不谋而合。

春天的午后

浪漫的诗，婉约的词，亭亭玉立的句子。

一口旧井，一截墙头，一棵老树，一畦菜地。

屋前屋后，小路两旁，烟火深处……如火如荼，大地之上，散发着文字的光芒。

春天，积蓄起蓬勃的力量，坚而柔韧，把乡间的每一个角落渗透。

不用形容词，我只要选择一个角度站立，摆上文字的姿势。

乡愁，力透纸背。

情怀，入木三分！

巨大的寂静

春寒大地，雪落无声。

一朵朵，排山倒海，像灰烬，落在泥土里，落在墙头瓦檐上，落在阳光阴暗的地方。

神鹰展翅低旋，被困于这巨大的阴冷。麻雀跃上枝头，接力，据理力争，声音悲怆，激昂，却无人搭理。

羔羊埋头，朝向理想的草原，盲行。青蛙坐井，唾沫横飞，在谈论天空的高远旷达诗意。

这落雪的神话世界呀！

这巨大的寂静，晶莹剔透的寂静！

风声鹤唳，卷起风雪满天，天地混沌，谁也看不清。

大雪封山，没有谁能跨过去，也没有声音，能传出来。

如果我有一盏神灯，我一定要把它点燃！好让三尺冰冻，融化崩塌。寒冷褪尽，只余春暖。

我相信，只要还有爱，只要眼里饱含泪水，埋藏在地下的种子就会发芽，春风还会来叩门问候，季节不会被轻易篡改。

一只车轮和一根藤

楼下停了一辆报废车。

熄火了。熄了好几年了吧。

世界忽然变得安静，陪伴它的，现在只有一根绿藤了。

绿藤想和它说说话，想靠近它，安抚它还未从灯红酒绿里走出来的坏心情。它端着身子，冷冰冰地，坚持着内心的傲慢。

绿藤伸出指尖，小心翼翼地碰触它。它伸长手臂，轻轻地拥抱它。然后，绿藤用整个身体覆盖它，遮掩它的颓废与空洞，遮盖它的锈蚀和虚伪。

时间不语。它开始回忆。不知从哪一天开始，它行尸走肉、锈迹斑斑的身上，忽然探出了一丝绿意，从车辋辘开始，到驾驶室，到方向盘，慢慢地生发、成长、蔓延，交织着，覆盖着，依偎着，满满一车的绿意。

哦，下了好几场雨，清洗了污秽不堪的记忆。

冰雪融化了，云雾散去了，生命回来了。

仿佛那辆车，又开始奔跑起来了。

昂贵一吻

是谁，在叩门？如雨打瓦檐，如风吹柳絮。敞开门，收藏一束灵魂的花香，才是我的意味深长……

——题记

你喜欢我吗？虽然我不是名门望族，但也出自书香门第，楚楚动人。

你爱我吗？或许我没有学富五车，但一定"财高五斗"。那俊雅腾飞的小人，就是证明。

纵横交错的十字路口，一不小心，我们迎头相撞，满怀相拥。

我忘了自己的身份，忘了门不当户不对，深情的对眸中，我忘情地"吻"向你……

从来，都是我看风景，这一次，我却成了风景。众多看客，警察、闪光灯、围观的路人，还有，保险公司和恼羞成怒的你。

200万元！你的吻，有那么昂贵吗？35万元！谢天谢地。原来，有些事情，可以讨价还价。我赶紧，恭恭敬敬地拱手相让。

从此，我循规蹈矩，再也不敢越雷池半步。

可恶的小人呀！

你在我身体里燃烧，又在我身体里熄灭。漆黑一片。

热情过后，一贫如洗。

烟花绚烂

那么美的烟花，一朵就够。足以绚烂一片天空。

元宵节，烟火灯会，这是一种文化，是一种精神，是人们生活富足的象征。年年过，年年闹，这就是"喜"，谁言不是？

我也欢喜。

虽然，我不会去现场制造气氛，但我会坐在电视前静静地享受。看这一幅龙腾盛世的太平日子，想这一曲歌舞升平的幸福人生。

可我是虚伪的，笑容的背后，你看不到我的泪。

我看烟花，却看到了寒风中的破棉絮，一朵朵瑟瑟开放，开到荼蘼，开到心乱；我看烟花，却看到了屋檐底下蜷缩的汉子，片片烟花屑子散满了他的发须，不知，寒冬里，会否给他带来些许的余温？我看烟花，却看到了破鞋里的红脚丫，像极了穿着喜庆外衣的鞭炮。我最怕鞭炮，那声音，那声音，听着，都会胆战心惊。

我想起了，想起了过年的烟花，让我彻夜难眠的烟花。噼里啪啦，那是纸币跳舞的声音，带出火光一片，却照不亮角落的阴暗，盖不住生命里弱弱的喘息。

真的想，这烟花的绚烂不在天空绽放，而开放在人间；真的想，这烟花的美丽，不是瞬间，而是人间永恒的温暖；真的想，这纸币清脆的声音舞出烟花，舞向贫穷尚存的村野草莽……

花炮纸屑，满地脏乱。这脏乱，仅仅是垃圾吗？我想，还有其他的吧？

蜘蛛与网

不知何时，住进来一只蜘蛛，终日在我的门楣上方织网。把一个明明很敞亮很干净的房间，弄得破败灰旧，很是沧桑。

这张网，轻薄透明，日日换新，明镜般悬在头顶上。

这是单位的宿舍，我大概每十天会过来住几天，一天要进房间好几次。一推门，我就把这张网给破坏了。但那张上午被破坏的网，中午又依旧如新；中午被破坏的网，下午又依旧如新；下午被破坏的网，晚上又依旧如新。这执着，让我觉得可爱又可笑。

我发现，这张网总是干干净净的。即使十天以后进来开门，这张网上也干净无一物，连织网的蜘蛛，也没见到过一次。

这张网，没有被风雨破坏，也没有被昆虫破坏，只是常常被我破坏。

我在想，如果蜘蛛不换位思考，移动一下位置，它就得被这张网束缚在我的宿舍门口，直至它的生命渐渐地被耗尽。

当然，也许它的丝线是生生不息、无穷无尽的。

而我，无位置可移。我总是要进入这个房间休息的。我不能伤害这蜘蛛，只能一而再地破坏它的网。

一张坚不可破的网，我与蜘蛛，都找不到漏洞，走不出去。